Nous sommes tous morts

Salomon de Izarra

Nous sommes tous morts

Rivages

Retrouvez l'ensemble des parutions
des Éditions Payot & Rivages sur

payot-rivages.fr

Collection dirigée par Émilie Colombani

106, boulevard Saint-Germain – 75006 Paris

Ce livre est dédié à Armelle B. et à S.T.

Qui sait si cette autre moitié de la vie où nous pensons veiller n'est pas un autre sommeil un peu différent du premier, dont nous nous éveillons quand nous pensons dormir ?

PASCAL, *Pensées*

—

Ils sont tous morts...

Ils sont tous morts... Les cadavres de ceux que nous n'avons pas réussi à manger pourrissent patiemment dans la cale, entassés les uns sur les autres. Je l'ai d'ailleurs fermée à double tour, on ne sait jamais. Je crois que je suis perdu. Oui, je suis perdu. Je songe sérieusement au suicide, dois-je me pendre ? Ou dois-je attendre que la mort vienne me chercher ?

Tout avait pourtant si bien commencé... J'ai l'impression d'être dans un cauchemar sans fin. Mes sens sont si tendus, la fatigue est telle que mes certitudes les plus vivaces n'ont plus de fondement : je crois que la folie a arraché la peau de la réalité pour ne laisser qu'une carcasse tremblante.

Mais il faut que je m'explique, que je raconte. Je dois le faire... au nom des camarades morts que je vais bientôt rejoindre. Qu'on me pardonne mon écriture mais l'horreur est telle que ma main n'arrête plus de trembler, et je n'ai plus une seconde à perdre.

Je m'appelle Nathaniel Nordnight et j'étais second à bord du *Providence*, l'un des plus gros baleiniers de Norvège commandé par le capitaine Eddy Sogarvans, et parti en mer le 12 septembre 1927 de Haugesung. Je fus l'un des premiers à rencontrer le capitaine alors qu'il recrutait ses marins dans une des tavernes qui animaient le port, et ma réputation de gaillard solide, dévoué et sérieux joua en ma faveur et me permit d'être nommé second. C'était inespéré au regard de mes vingt-cinq ans, et je tardai à réaliser que j'avais eu une chance inouïe – en effet, trouver du travail par ces temps troublés relevait presque du miracle.

Une fois tous les hommes engagés, nous trinquâmes à notre bonne fortune – même le capitaine qui buvait rarement était des nôtres. Notre équipage était constitué du fleuron des chasseurs de baleines, des hommes à forte tête, au caractère aussi trempé qu'ils étaient compétents, qui se connaissaient tous au fur et à mesure des campagnes. Ainsi je pouvais me réjouir de retrouver nos harponneurs : Viktor Klemp, un homme petit, enrobé et à la franchise parfois blessante ; Robert Heim, qui donnait l'impression d'avoir constamment une chape de plomb sur le crâne ; Trym Jornov, un homme massif aux cheveux longs ; et même Lil' Jack, un Anglais d'à peine dix-huit ans, qui avait toujours une casquette grise vissée sur le crâne et une plaisanterie sur la langue ; mais aussi notre cuisinier, Daniel Voran, également amateur d'art ; Hector Schmidt, notre médecin, distingué, à la grande barbe taillée en carré ; et notre pilote, Vegard Odd, qui incarnait la banalité même. Quant à moi, grâce à mon autorité naturelle et ma discipline à toute épreuve, le capitaine me désigna manœuvrier en duo avec un vieux loup de mer que je ne connaissais que de réputation, « Chauve-poilu », à cause d'une calvitie qui s'était manifestée dès son plus jeune âge en dépit d'un abondant système pileux. C'était le machiniste et l'une des plus vieilles connaissances du capitaine.

Contrairement à mes attentes, la taverne qui servait de bureau de recrutement n'était pas pleine à craquer, et il était aisé de se déplacer entre les gens qui attendaient leur tour pour se présenter et ceux qui buvaient leur mauvaise bière. Lorsque j'en parlai à Daniel, celui-ci rit :

– T'es pas au courant ? Le capitaine ne tolère pas l'alcool sur son bateau.

Je compris alors que bon nombre de marins levaient le coude sans nulle envie de lever l'ancre. Je pense que la très fervente piété du capitaine y était aussi pour beaucoup : il était souvent moqué à cause des trois croix qu'il portait constamment autour de son cou et de ses longues prières avant chaque embarquement. Je me souciais peu de ces détails et je pense qu'il en était de même pour lui tant que l'on savait obéir aux ordres. Ce n'était pas pour rien que Sogarvans était aussi craint et considéré dans toute la Norvège.

Le *Providence* avait également fait sa réputation. C'était un énorme baleinier digne d'Achab : suffisamment gros pour contenir un équipage de vingt personnes, tout en étant à la fois long et fin. Peint dans une couleur bleu nuit, c'était un chef-d'œuvre de modernité et de solidité avec ses deux baleinières attachées par de solides chaînes et les deux harpons explosifs fixés à la proue et à la poupe sur de larges pieds de métal.

Selon ses informations – car Sogarvans n'en manquait pas après à ses multiples succès commerciaux et maritimes –, la pêche serait exceptionnelle cette année. C'est pour cette raison que nous nous mîmes à réunir les préparatifs nécessaires pour plusieurs jours, pour plusieurs semaines tout au plus. Le réseau d'amitiés et les espérances de gains permirent au capitaine de faire baisser les prix des fournitures embarquées. Ainsi, nous pûmes changer les cordages défectueux et constituer un stock non négligeable dans la cale, de même que nous remplîmes quelques tonneaux de biscuits secs, de viande, de poisson séché et d'eau fraîche. Sans compter les conserves, les vêtements chauds, les lanternes, les bocaux de fruits confits, les filets, du fil et des aiguilles, les bandages et les autres produits dont avait besoin le médecin, les harpons de rechange et, au cas où nous croiserions la route de pirates, quelques fusils, pistolets et couteaux que le capitaine rangea dans un coffre de sa cabine. Jamais, dans ma courte carrière de marin, je n'avais vu un homme aussi consciencieux sur les préparatifs d'embarquement. Daniel remarqua ma stupéfaction à ce sujet et me fit part d'une étrange histoire qui tenait plus de la légende que du récit authentique : dans sa jeunesse, Sogarvans aurait été l'unique rescapé d'une chasse au phoque qui avait mal tourné, principalement à cause d'une mauvaise préparation et des ordres insensés de son capitaine d'alors, un certain Loup Larsen, réputé pour son ivrognerie et sa cruauté.

Nous décidâmes de la répartition des cabines, puis allâmes trinquer à notre future pêche miraculeuse, qui débuterait dès le lendemain, à l'aube. Ce soir-là, tout le monde fraternisa, et l'alcool aidant, les inconnus de la veille se jurèrent une amitié de toujours. Nous levâmes notre verre au capitaine qui devait prier pour nous et notre réussite dans sa cabine, et profitâmes de ces chauds moments d'ivresse, d'ouverture aux autres et d'oubli de soi. Si j'avais su, je crois que j'aurais profité plus longtemps de l'air vicié des docks, de cette odeur de sel et de poisson qui piquait le fond du nez et me berçait depuis mon enfance, des prostituées aux éclats de rire brisés et des chansons paillardes des marins de la taverne attablés devant leur bière tiède. J'aurais profité de tout cela comme un condamné à mort profite de son ultime repas et ressent comme jamais la saveur merveilleuse de la vie avant son grand voyage.

12 septembre 1927

Nous fûmes l'un des premiers bateaux à quitter Haugesung. Le jour n'était pas encore levé, et, tandis que le vent froid d'automne faisait claquer notre drapeau avec furie, j'eus subitement l'impression de m'enfuir du monde civilisé en catimini, comme un voleur. À bord, les gueules de bois et la fatigue, si elles n'altéraient pas les capacités des marins, les enfermaient toutefois dans un triste mutisme ; il faut dire que nous ne manquions pas de travail, et personne ne souhaitait s'attirer les foudres du capitaine, qui nous surplombait et nous impressionnait par sa façon de donner des ordres. Sogarvans était un homme grand et massif, aux pupilles sombres, à la barbe grisonnante et à la calvitie naissante qui lui donnaient l'air d'un père à la fois rigide et protecteur.

Les premiers jours furent banals et difficiles. Nous apprîmes sur le tas à dompter ce mastodonte si moderne qu'il était fait principalement d'acier et non de bois, ce qui le rendait plus lourd et plus complexe à manier. Cette particularité hybride avait été voulue par le capitaine lorsque, après avoir touché un fabuleux héritage, il décida de faire construire un navire aux dimensions extraordinaires pour sa catégorie, unique en son genre. Lorsque je le pilotai à mon tour, j'avais l'impression que son poids variait constamment ou qu'il était mû d'une volonté propre ; parfois la navigation était aisée, parfois je devais lutter contre le gouvernail. Sogarvans, lui, semblait courber brutalement l'échine du monstre en couplant ses deux forces : sa connaissance du *Providence* et son autorité naturelle.

L'ambiance entre les membres de l'équipage était heureusement bonne : il n'y avait nulle querelle, nul ego n'était déplacé. Tous avaient tacitement accepté de se soumettre au capitaine, qui, je m'en rends compte alors que j'écris ces lignes, nous servit de garde-fou.

16 septembre 1927

Ce fut au quatrième jour de la traversée que la routine fut rompue. La journée, malgré son calme, vit monter quelques tensions à bord : Lil' Jack reprochait à Viktor de lui avoir volé sa part de biscuits secs, ce que l'autre démentait avec énergie. Les autres marins durent les séparer en les rabrouant comme des gamins, sans se soucier de qui avait raison ou tort. Quant à moi, je regardais l'horizon avec appréhension : des nuages noirs s'amoncelaient partout autour de nous, jusqu'à envahir le ciel tout entier. Bientôt, le capitaine vint me rejoindre dans mon isolement, soucieux. Les coins de sa bouche formaient un pli qui le vieillissait.

– Rien ne prédisait la tempête, ce matin.

– Je sais, c'est étrange, dit-il. Gardez l'œil ouvert et tenez-vous prêt, ça ne va pas tarder et ça va être violent.

Et ça ne tarda pas. Autant les nuages avaient mis du temps à s'amasser, à s'accumuler rageusement, autant leur colère nous surprit. Les premiers éclairs déchirèrent bien vite l'horizon, comme un coup de feu, et l'apocalypse survint. Jamais je n'avais eu à affronter une tourmente pareille. On eût dit que des dieux inconnus, monstrueux et furieux voulaient notre peau. Les immenses nuages noirs s'enchaînèrent au vent mauvais dans une dépression qui, jusqu'à l'horizon, anéantissait nos espoirs d'échapper au naufrage. Comme beaucoup de marins avant nous, nous devions lutter avec les éléments en folie et, pour la toute première fois, j'entendis la voix de stentor de Sogarvans qui gueulait plus fort que les grincements de la pluie sur l'acier du pont. Dès les premiers symptômes du mal céleste, il remplaça Trym au gouvernail et se chargea de diriger le monstre de métal, luttant contre les creux et les bosses sans cesse mouvants et les vagues voraces qui menaçaient de nous engloutir. Nous faisions face à une véritable armée liquide et invincible, haineuse et bruyante. Le ciel nous aveuglait sans cesse à force d'éclairs qui percutaient l'océan.

Néanmoins, malgré les abominables tangages du bateau et l'ouvrage précipité pour rester à flot, une lourdeur étrangère à la tempête m'étreignait. J'avais la sensation terrible que l'espoir dans mon cœur perdait son sang ; à chaque battement, je me sentais privé d'une partie de moi-même, comme si j'avais été un étranger dans un monde hostile. Je ne songeai qu'à moitié à ce qui m'arrivait sur le coup, trop occupé à crier mes ordres, à courir de-ci de-là pour aider un marin dans sa tâche ou lui hurler dessus, à jouer les équilibristes sur le pont trempé d'une fine pellicule d'eau brillante et dansante.

Ce n'était pas de la panique. J'avais une confiance presque aveugle en Sogarvans en cet instant critique, mais ce que je ressentais était indéfinissable. Mon corps semblait ne plus vouloir m'obéir et se recroqueviller dans un coin, perdu et noir, mais l'adrénaline me poussait à me battre comme jamais, car l'équipage se tuait courageusement à la tâche, et pour rien au monde je ne serais lâchement resté à l'arrière. La violente ivresse du *Providence* me balançait souvent contre un montant où un rebord et les ténèbres étaient si intenses, la tempête était si terrible que je craignais à tout moment de passer par-dessus le bastingage – je percutai même assez fort un mur de métal pour me laisser inanimé quelques secondes. Par chance, malgré les chocs répétés, les coups de fouet des cordages devenus fous et mes muscles brûlants, la pluie glaciale m'anesthésiait. Tout comme mes compagnons, je ne m'appartenais plus. J'étais d'ailleurs surpris en les voyant lutter à leur façon contre les éléments : de bons camarades, des rieurs, des farceurs qui, à présent, s'acharnaient à survivre, des marins qui n'avaient pas froid aux yeux, dégoulinants, trempés jusqu'aux os. Aujourd'hui encore, dans les ténèbres de ma cabine, je veux leur rendre hommage pour cette nuit infernale qui aurait vu bien des hommes plus robustes baisser rapidement les bras face aux puissances du monde.

La tempête dura toute la nuit et déroba nos forces tout en nous gratifiant d'un courage sans limites : les vagues inondaient le pont sans cesse, des cordages lâchaient, le bateau tanguait, remuait, montait, descendait, pris de soubresauts rageurs et désespérés, mais nous tenions et luttions avec la même énergie. Les heures, éternelles, s'égrenaient, jusqu'au moment où, d'un coup, la tourmente cessa, à notre grande surprise. Nous avions vaincu les éléments et arraché notre survie à un prix que je mesure aujourd'hui : l'espoir déchu et la peur de la mort.

À cause de nos efforts répétés, nous n'avions plus assez d'énergie pour nous réjouir, et seule la voix du capitaine se fit entendre dans le silence :

– Tout le monde est là ? Est-ce qu'il y a des blessés ?

Tout le monde répondit et l'on était indemne, hormis quelques bleus, bosses et écorchures. Sogarvans, rassuré, demanda alors à Vegard et Robert de prendre les premiers tours de garde pendant que les autres allaient se reposer. En m'allongeant sur ma couchette, je sus que mon corps serait douloureux au réveil, et je ne tardai pas à m'endormir d'un sommeil étranger. « Étranger », car cette nuit-là, la sensation que j'avais éprouvée durant cette tempête grandit, au point que ma torpeur semblait ne pas être la mienne. Bien sûr, je ne m'en rendis pas compte alors, trop ébranlé par la tourmente qui hantait encore mes oreilles et qui donnait à mes songes trop de réalité. Ils furent d'ailleurs abominables, habités de monstres, de hurlements qui se mêlaient à la bourrasque, et la douleur de mon corps s'insinua dans cette boue pour lui offrir une dimension de geôle. Quoi, une geôle ! Ce que je rêvai cette nuit-là ne fut qu'un aperçu, une ombre de ce qui m'attendait. Si j'avais su... je me serais jeté à l'eau – j'avais alors encore assez de courage pour me noyer. Des monstres couraient, rampaient, exhalaient leurs miasmes infects dans les recoins les plus secrets de mon cerveau ; ils hurlaient, criaient, dissimulés dans la nuit : invisibles et donc plus terrifiants que jamais ; ils n'avaient rien d'humain, c'étaient des figures désarticulées, des espèces de pantins qu'on aurait brisés avec une cruauté enfantine avant de les jeter, corrompus et vengeurs, dans des dimensions perdues. Ils revenaient ! Ravages ! Vomissures diaboliques ! [*Ici, le texte devient trop illisible, le papier est quasi déchiré à cause des ratures*[1].]

Un choc sourd me fit tomber de ma couchette et m'extirpa de mes rêves. J'embrassai le sol d'acier, encore trop marqué par l'horreur pour reprendre pleinement conscience. Les informations se bousculèrent : son, mouvements, respiration furent un assaut de réel, si inattendu que j'en vomis presque, à quatre pattes comme une bête. Derrière ma porte, des bruits de pas alarmés, rapides, des cris : « Tous sur le pont ! » Pas le temps de laisser mon corps se ressaisir : ces hurlements, ces phrases précipitées, catastrophiques, étaient effroyables ; était-ce l'écho de ma nuit ou une vraie peur qui colorait leur voix de gris ? *les deux.* Encore hagard, je parvins à me relever, à ouvrir la

1. Tous les commentaires entre crochets sont des précisions du découvreur de ce journal de bord.

porte de ma cabine et à me ruer à la suite des autres. Seulement, mon arrivée sur le pont me foudroya.

L'air me gifla d'un je-ne-sais-quoi d'absolument monstrueux – une mélodie, un murmure comme le vent qui passe dans les cloches d'une cathédrale. La nuit n'avait pas de saveur romantique, elle était lourde, affreuse, cauchemardesque : les ténèbres, pesantes comme des souvenirs, faisaient ressembler les marins à des fantômes dans l'étrange lumière des lanternes ; et le pont si familier me laissait une impression funeste, comme les lieux que notre inconscient crée et que l'on est heureux de savoir disparus une fois éveillé. Le monde n'était plus le monde.

Des éclats de voix me sortirent de cette nouvelle torpeur et je filai droit sur l'attroupement autour de la cabine de pilotage que Sogarvans et Hector venaient de fendre. Je passai entre les hommes à mon tour avant de rester, comme eux, stupéfait. Je n'avais jamais vu ça : Vegard et Robert étaient allongés dans la cabine, rigides et pâles, le visage décomposé d'effroi. Le premier avait encore les yeux ouverts et ses pupilles dilatées nous renvoyaient les horreurs qu'il avait vues, plus effroyables que nos rêves. L'autre, recroquevillé en position fœtale, tremblait comme une feuille et respirait par saccades. Le médecin annonça une tétanie pour l'un et une crise de nerfs pour l'autre. C'étaient deux gaillards robustes et, pour qu'ils soient dans cet état, ils avaient dû être confrontés à une atrocité sans nom. Nos cauchemars... j'entendis certains en parler entre eux et tous avaient eu la même sensation de n'être plus nulle part chez soi, étrangers. Même Sogarvans dut admettre avoir rêvé.

Tous avaient fait le même rêve dérangeant, et je supposai que nos deux matelots que le sommeil n'avait pas protégés avaient été frappés de plein fouet par ce phénomène étrange et plus inquiétant que jamais. Mais qu'avait été cette chose ? Et ce choc ? Ce dernier point m'intrigua, et tandis que Lil' Jack expliquait au médecin qu'ils avaient hurlé d'une voix si abominable et si terrifiée qu'ils en avaient réveillé les cabines les plus proches du pont, je longeai les bords du bateau pour voir ce que nous avions bien pu heurter.

Je dois admettre que le spectacle était unique : le *Providence* était tout entier encerclé de glace. De la proue à la poupe, l'horizon renvoyait les quelques rayons de lune qui perçaient les nuages et le sol brillait d'une lueur aquatique et froide. La glace était partout, indéfinie, éternelle, lisse comme une surface laquée, et, aussi bizarre que cela puisse paraître, il semblait que le bateau *était apparu* au milieu de cet océan solide. Sitôt que je vis cela, je reculai dans un sursaut, avant de m'appuyer au bastingage et de scruter l'horizon, d'interroger tous mes sens pour être certain de ne pas être la victime d'une hallucination ou d'être encore prisonnier de mon sommeil... mais il n'en était rien : j'étais lucide, et nous étions là. Je courus à l'arrière : pareil. Devant : pareil. Les autres durent s'en rendre compte tout aussi rapidement que moi, car j'entendis des cris de panique, des jurons et des prières à des saints inconnus et sans importance.

Nous étions entrés dans le royaume de l'impossible, du funeste et de la perdition. Lorsque je m'en retournai parler au capitaine, je pus constater que son teint était blafard. L'une de ses petites croix pendait de sa main, dont la chaînette était férocement enroulée autour des doigts. Il était penché sur les instruments de bord, qui nous permettaient de savoir où nous avions pu dériver pour trouver ainsi de la glace, mais, en m'approchant de lui, je constatai deux choses qui me bouleversèrent : la première était sa grimace inquiète, et la seconde les instruments de bord qui avaient gelé. Ces cadrans modernes sous verre, la pointe de la technologie en matière de navigation, étaient recouverts d'une épaisse couche de givre. Pire, les aiguilles étaient enrobées d'un pollen blanc et friable, et l'un des cadrans, sous l'effet d'une pression formidable, s'était carrément fendu. Les hommes sortirent les deux marins évanouis pour les installer dans leur couchette, nous laissant seuls, Sogarvans et moi.

– Capitaine ? hasardai-je en luttant contre mes propres tremblements, capitaine, que dois-je ordonner ?

– Vous... informez les hommes qu'à partir de maintenant, la nourriture sera rationnée. Tant que nous ne pourrons pas repartir, je veux que tout le monde reste à son poste et vigilant, que l'on économise tout ce que nous possédons. Veillez à punir sévèrement ceux qui désobéiront à cet ordre. Quant à moi, je vais calculer notre position et tenter de réparer ce qui peut encore l'être.

– Je vais demander à l'un de nos matelots de vous aider.

– Surtout pas, moi seul sais comment opérer sur mon navire.

J'acquiesçai, et allais rapporter les mauvaises nouvelles lorsqu'il me héla :

– Demandez-leur de prier de toutes leurs forces. Non, ordonnez-leur.

Je sortis de la cabine de pilotage, le cœur rongé de peur : pour que Sogarvans exige une chose pareille, nous devions être dans une situation absolument catastrophique – encore que nous ignorions à quel point. Je transmis donc aux hommes les ordres de garder leur calme, de rationner le café, la nourriture et l'eau douce jusqu'à ce que le capitaine en décide autrement. Les marins, malgré leur peur grandissante en constatant l'état de leurs camarades et cette prison de glace autour d'eux, ne purent s'empêcher de pester et de jurer. Si je n'avais pas craint une mutinerie de leur part, je crois que j'aurais souri de leur réaction d'une rassurante banalité. Ils n'allèrent pas plus loin et retournèrent à leurs tâches avec des grognements maussades, aussitôt oubliés pour se raconter leur cauchemar. Je m'éloignai rapidement, peu désireux d'entendre de leur bouche ce que j'avais moi-même vécu dans mon sommeil, et partis sur le pont, armé de mes jumelles.

20 septembre 1927

Cela faisait déjà trois jours que nous étions piégés dans les glaces, et trois jours que le soleil nous avait fuis. Il ne se levait quasi plus et sa lumière était maladive, affaiblie par le ciel grisâtre et cette nappe de brouillard qui dissimulait l'horizon. Cela faisait trois jours que j'observais l'environnement sans vie, en vain : il n'y avait que la brume, la perdition et cette opacité qui me mettait mal à l'aise. À dire vrai, elle était crépusculaire comme un ciel triste d'hiver, lorsque les rues nous semblent de sinistres dédales et que les gens qui passent se réduisent à des silhouettes et des ombres. Tout portait à croire que nous nous étions dangereusement rapprochés du pôle Nord mais, selon les calculs de Sogarvans, c'était tout bonnement impossible. Il avait mis le cap à l'ouest lorsque la tempête s'était déchaînée, et la glace n'aurait pu apparaître qu'après plus de deux jours de voyage – or, cela voulait dire que nous avions parcouru cette distance en à peine une nuit. La présence de cette prison qui s'étendait à perte de vue restait inexplicable tant pour nous que pour les traités de navigation et les encyclopédies marines de la bibliothèque de Sogarvans que je consultai.

Pourtant je savais que ce calme ne durerait pas, et ma véritable inquiétude – cet indescriptible sixième sens – concernait l'avenir. Personne encore n'avait dit ce que nous pensions à voix haute : « Sommes-nous dans un rêve ? au purgatoire ? en enfer ? ou pire ? » L'angoisse se lisait dans les yeux de tous les marins.

Quant à nos deux malades, ils n'allaient pas mieux. Ils restaient allongés dans leur lit comme des cadavres, muets, le regard tantôt fixe tantôt caché sous leurs paupières, sans prononcer un mot ni écouter personne ; on eût dit que leur conscience avait quitté notre dimension pour une autre – Trym, qui veillait sur eux, eut d'ailleurs cette expression fort appropriée : « Ils sont ailleurs. » Hector, le toubib, passait régulièrement, sans jamais noter de changement ou d'amélioration : il leur fallait encore du repos. Je l'aurais volontiers cru mais il suffisait de m'attarder sur leurs pupilles pour y déceler un profond traumatisme qui me mettait si mal à l'aise qu'il me fallait rapidement regagner le pont.

Les esprits s'échauffaient à mesure que les jours passaient, non seulement à cause de l'attente mais aussi à cause de Sogarvans qui refusait que quiconque approchât de la cabine de pilotage. Le capitaine redoutait trop que les marins ne perdissent totalement patience et ne fussent pris de panique en apprenant que nous étions perdus et, pour ce faire, il vivait et dormait à présent dans cette pièce. Au bout de trois jours, donc, je frappai à la porte de la cabine et entrai après m'être annoncé. J'allais, comme à mon habitude, déposer son repas sur la table lorsque je m'arrêtai, stupéfait : il était entouré de livres et feuilletait quelques gros volumes de sa collection privée. Ses mouvements étaient frénétiques, il tremblait en tournant les pages qu'il froissait maladroitement et, lui toujours si bien portant, avait le teint jaunâtre, cireux. En me voyant arriver, il leva sur moi ses yeux rougis par la fatigue et, en se redressant sur sa chaise, me dit :

– Ah, Nordnight ! Vous ne me croirez jamais, jamais.

Puis il se tut et se perdit dans ses pensées. L'atmosphère de la pièce me fit sentir ce à quoi je m'étais insidieusement habitué : la lourdeur onirique des lieux s'était intensifiée, et les instruments de bord naguère immobilisés par un étrange givre étaient devenus inutilisables. Pire encore : la glace avait explosé les cadrans et recouvrait le gouvernail jusqu'à son pied, elle s'était insinuée sournoisement çà et là et commençait à tout envahir avec une lenteur inexorable. Il me suffisait de voir l'un des livres qui était tombé sur la tranche et qui, fait extraordinaire, était maintenant enveloppé d'une épaisseur de glace d'une rare pureté, si transparente qu'on pouvait encore distinguer des mots et des cartes sur le papier.

– Vous avez remarqué la glace ? me dit-il d'un air blasé et un rien paniqué.

– Vous avez renversé de l'eau sur ce livre ?

– Justement non. Ça avance tout seul, c'est dur comme de la pierre. Ce n'est pas une glace ordinaire, Nordnight. J'ai l'impression qu'elle... j'ai le sentiment que c'est... comme qui dirait... vivant...

Je m'approchai des tableaux de bord avant de m'intéresser au livre et, comme pour me convaincre, j'ouvris mon couteau et plantai la lame dans la glace : elle ripa dessus ; puis j'essayai de la taper et de la trancher.

– Les hommes ne sont pas parvenus à la briser autour du bateau, n'est-ce pas ?

– En effet. Depuis quand...

– L'eau a commencé à réagir étrangement cette nuit.

Le capitaine passa sa main dans ses cheveux en soupirant – j'aperçus deux de ses croix serrées autour du pouce – et murmura quelque chose dans sa barbe.

– Je n'y comprends rien. Rien, absolument rien. Cela fait trois jours que je lis et relis la Bible, que j'épluche des traités de météorologie, de science et de navigation sans rien trouver. Je ne sais pas où nous sommes, les étoiles sont dissimulées à cause de ce damné brouillard et pour finir, pour finir, voilà que la glace devient folle ! Les éléments sont contre nous, Nordnight, et cela présage le pire.

Sogarvans se leva brusquement et soupira de nouveau, puis parcourut la pièce de long en large, les mains derrière le dos.

– Et nos deux malades ?

– Aucun changement. Nous leur avons mis d'autres couvertures, étant donné le refroidissement brutal qui a eu lieu hier matin.

– Vous avez bien fait.

Le calme de Sogarvans m'avait stupéfait, peu avant que je surprisse un très léger tremblement de ses mains et que je comprisse qu'il était plus atteint que nous. Peut-être était-ce sa responsabilité de capitaine à notre égard qui le minait, peut-être était-ce la crainte de perdre sa propre vie ou son si précieux navire...

Septembre 1927 ?

Le ciel aussi est devenu fou ! Le jour et la nuit se confondent, et le soleil a disparu ! Nous ne sommes plus de ce monde !

Nous l'avons découvert ce matin, en nous réveillant : c'était crépusculaire ; il faisait nuit sans faire nuit. Je fus l'un des premiers debout, avec un pincement au cœur. Je redoutais que l'un des nôtres n'ait succombé. Aussitôt levé, je me ruai dans la cabine de Vegard mais, en y arrivant encore trempé de sueur suite au cauchemar que j'avais fait, je le trouvai dormant en position fœtale. Le médecin veillait à côté de lui, l'air soucieux. Il sursauta à demi lorsque j'entrai avant de reprendre sa position initiale – les poings sous le menton et les coudes sur la table.

– Rien à signaler, Hector ?

– Non, rien. Il s'est seulement réveillé cette nuit après un mauvais rêve mais... mais je dirais que c'est normal, à présent.

– Vers quelle heure ?

– Cela doit faire une heure ou deux et... satanée montre...

Il venait de la sortir de son gousset et d'appuyer sur le petit bouton d'argent qui ouvrait le cadran et il fronçait les sourcils en la tapotant. Les aiguilles étaient immobiles et – je réprimai un horrible frisson à cette découverte – gelées. Le cadran était intact, seules ces aiguilles d'acier étaient enrobées d'une fine couche bleuâtre. Hector me fixa avec des yeux agrandis de stupeur et, par réflexe, vit que ma propre montre, elle aussi, était arrêtée. Pris d'effroi, je me l'arrachai presque et la jetai par terre, comme s'il s'était agi d'une énorme araignée. Le médecin regarda dehors tandis que je réveillais tous les autres, brûlant de la fièvre qui annonce une catastrophe : vos montres ! faites-les voir ! glacée ! glacée ! gelée ! froid ! gel ! partout ! partout... c'était à devenir fou.

Mon instinct me poussa à sortir : la nuit était toujours là. Non pas une nuit noire, perdue, un bloc d'ombre dans lequel nous étions emprisonnés, non, mais une fausse nuit, pâle, encore assez claire pour nous distinguer les uns des autres, mais suffisante pour que nos visages nous mentent. Quelle heure était-il ? Quelle heure, bon Dieu ! *Quelle heure* !

Une silhouette passa à côté de moi en me bousculant et fonça droit vers la cabine de pilotage, une lanterne à la main : Sogarvans. Sans attendre, je le suivis, jusqu'au moment où il passa brutalement la porte et entra se confronter à ses pires appréhensions.

Inutile d'aller plus loin, je voyais tout : je distinguais nettement les instruments glacés, le gel avait gagné la table, le sol, les murs et le plafond d'où pendaient des larmes de stalactites. Il ressortit en tremblant. Il saisit un pied-de-biche devant mes compagnons accourus sur le pont et retourna chez lui en verrouillant la porte. Par la suite, nous entendîmes distinctement son souffle rauque qui s'achevait en hurlement sitôt que l'acier percutait la glace. Parfois, nous surprenions quelque accès de frénésie à la cadence plus rapide ou à un bruit plus fort que les autres ; c'était inquiétant.

Le soleil nous avait abandonnés, je le compris au bout d'une dizaine d'heures à tourner en rond, à faire mille tâches sans bien y parvenir et à discuter avec les hommes. C'était une lumière propre au continent arctique, mais nous n'avions logiquement pas pu parcourir l'immense distance qui nous en séparait ; le journal de bord du capitaine était formel et les positions avaient été scrupuleusement notées à chaque heure de la tourmente : nous avions dérivé vers l'ouest-sud-ouest, très loin de la banquise. Où étions-nous ? Je n'en savais rien. Les hommes avaient peur et certains commençaient à parler ouvertement du diable. Nous étions en enfer, dans le cercle de la peur la plus noire. Cessez, sottises ! En temps normal, les marins en auraient ri, mais la fatigue et l'inconnu les faisaient pâlir : leurs doutes s'habillaient de peur. Le diable, le diable ! Je sentais la panique monter dans leurs voix – et le capitaine s'était enfermé ! Bon Dieu, c'était dingue !

Il fallait que j'agisse : l'absence d'un donneur d'ordres mènerait à une mutinerie certaine et, oubliant mon propre effroi, j'essayai de rappeler les hommes à la raison :

– Pas de panique, bon Dieu ! Il y a forcément une explication logique à tout cela.

– Laquelle, Nordnight ? railla Trym. Tu veux nous faire croire que ce n'était qu'une forte tempête ? Que toute cette glace n'a rien de bizarre ? Que nos rêves concordants ne sont qu'une coïncidence ? Tu nous prends pour des naïfs, ma parole ! Je te dis que c'est le diable qui est à l'œuvre, qui veux-tu que ce soit d'autre !

– Je n'en sais rien, répondis-je en soutenant son regard et en m'approchant de lui, et, avant que des propos cinglants ne fusent : par contre, je sais que nous ne parviendrons à rien si nous laissons la peur nous diviser. Nous valons mieux que ça.

– Regarde par toi-même, le capitaine s'est enfermé à cause de cette glace, ou ce truc démoniaque. Quelle autre explication à ce que nous vivons ?

– Justement, autant se serrer les coudes et éviter les querelles, c'est ce que nous avons de mieux à faire.

– Écoute-moi bien, Nordnight...

– Non, c'est toi qui vas m'écouter. Dois-je te rappeler que lorsque le capitaine est absent ou inapte à commander, son pouvoir me revient ? As-tu un problème avec cela ? À moins que tu ne veuilles ma place...

J'étais étonné du ton de ma voix, plus rude que d'ordinaire. Trym était plus grand et plus fort que moi, et il lui aurait suffi d'un coup bien placé pour détruire mon assurance. Il grogna et murmura « non ». Le pouvoir dans de pareilles circonstances n'était pas très enviable, et je réalisai pleinement ce que devait vivre Sogarvans : il n'avait pas le droit de nous montrer ses craintes et ses doutes, il ne pouvait que nous protéger devant l'Immonde, cette force obscure et titanesque qui bientôt nous engloutirait. Les hommes s'étaient remis à débattre entre eux mais, avec cette autorité que je me découvrais, je leur intimai l'ordre de retourner au travail.

Avant de reprendre leurs tâches ennuyeuses, Chauve-poilu retrouva un mot de son enfance qui résonnait comme un défi : « soleilleux ». Comme un mauvais dimanche orageux, dit-il. Lorsque le crépuscule d'hiver salit le monde et intensifie les nuances maussades des nuages pour les peindre de désespoir. Soleilleux... un mot enfantin, un peu ridicule ; soleilleux... éternellement. Nous ne savions plus où nous nous trouvions sur la ligne du temps, perdus dans l'angoisse ! Comment garder son calme ? Comment ? L'abandon était total, et je le sais aujourd'hui : nous ne pouvions plus nous réjouir de faire partie du monde, nous étions si isolés, si égarés, que pour nous tout l'univers tenait dans un cercueil de bois et de fer.

Plus de jour ! Pitié, imaginez ! Plus de nuit ! Combien de temps ai-je dormi ? L'angoisse saccageait notre moral et tout ce que nous faisions, le moindre acte posait le problème de sa durée : combien de temps ai-je mis ? Quand ai-je commencé et quand ai-je fini ? Nous étions comme des affolés perpétuels, des êtres qui sentent en eux leur équilibre mental se rompre, cet équilibre avec lequel nous vivons si bien que nous finissons par l'oublier, jusqu'au moment où un vertige permanent arrive, un haut-le-cœur, une chute désarticulée et sans fin. C'est la solitude avec soi en moins.

Il me fallut un temps indéfini – une heure ? deux ? trois ? – pour reprendre mes esprits, puis, muni d'une lanterne, je descendis l'échelle du bateau afin d'inspecter ses flancs : quand bien même il faisait encore assez clair pour distinguer tout ce qui nous entourait, je ne voulais pas risquer de laisser la peur s'emparer de mon imagination fertile et me jouer des tours. Force me fut de constater que l'eau gelée qui entourait le bateau s'était épaissie. Le sol, au départ éventré par les flancs du vaisseau, avait comme cicatrisé, de longs tentacules de givre avaient poussé et, comme des doigts géants, s'accrochaient désormais à la coque. Par chance, ils étaient suffisamment rares et espacés pour que nous les cassions en quelques heures. Je remontai à bord pour demander de l'aide à Chauve-poilu et à Daniel. Nous prîmes des scies et des marteaux et entreprîmes le travail dans le silence, jusqu'à ce que Chauve-poilu, tout en lissant sa grosse moustache grise, pose une question qui, aujourd'hui encore, m'interroge.

– Dites, vous ne vous demandez pas ce qu'il y a derrière la brume ?

Daniel répondit par la négative, quant à moi je ne jetai qu'un rapide coup d'œil.

– Je préférerais savoir ce qu'il nous arrive, avec toute cette foutue glace... répondis-je.

– Trym pense qu'on est dans des limbes… ou quelque chose comme ça.

Je n'ajoutai rien, mais je me rappelais les titres des journaux que je lisais à terre concernant les disparitions ou naufrages mystérieux. Je souriais à l'évocation de ces faits divers, de ces scandales, de ces histoires qui nous tenaient en haleine à coups de rebondissements. Puis à l'odeur de l'encre qui laissait des traces sur les doigts, au bruit du papier lorsqu'on pliait les journaux pour les reposer sur la table d'une taverne et...

J'eus un frisson : tu penses comme un condamné à perpétuité ! Cela ne fait pas longtemps pourtant, et tu penses comme si tu vivais là depuis des années parmi les rats ! Du calme. Du calme.

Nous essayâmes de nouveau de casser encore de la glace, mais elle était encore plus dure et épaisse qu'avant, c'était désespérant... Mais la plus mauvaise surprise nous attendait le lendemain, lorsque nous découvrîmes que non seulement des tentacules étaient réapparus mais qu'en plus ils nous provoquaient en se multipliant. Devions-nous continuer à jouer les

Sisyphes ? Quant à Sogarvans, il avait déménagé ses livres et ses notes engivrés et condamné la cabine de pilotage sans faire le moindre commentaire.

C'est à partir de ce jour et de ce premier renoncement que se manifesta la présence du mal.

Septembre 1927 ? Octobre... ? Novembre... ?

Je me rappelle ce jour précis à cause de son horreur démesurée. Cela faisait des jours, voire des semaines, que nous étions prisonniers de la glace, et cette proximité forcée faisait éclater les tensions entre nous, à tel point qu'il fallut parfois séparer deux marins qui en venaient aux mains – lorsque ce n'était pas moi qui cherchais à me battre. À l'ennui et au malaise constant s'associait la faim, car nos réserves avaient dangereusement baissé, et nous raclions le fond des tonneaux de nourriture. Peu à peu, nous essayâmes de franchir le rideau de brume, mais les instruments étant gelés et irréparables, nous ne nous éloignâmes jamais beaucoup du bateau. Seul Trym, après avoir convaincu Viktor et Chauve-poilu de l'accompagner, tenta le tout pour le tout. Ils revinrent trois jours plus tard, épuisés et transis ; ils n'avaient rien trouvé, ils avaient marché en ligne droite – du moins l'espéraient-ils, les boussoles étant figées comme les montres – sans rien trouver que de la glace, puis ils avaient fait demi-tour, avaient paniqué, couru, hurlé dans le brouillard et finalement, après des heures d'errance et tandis qu'approchait la folie, ils avaient aperçu la triste lumière des falots allumés sur le pont. Je dois avouer que j'avais d'abord cru à un assaut de quelques mauvais esprits avant de reconnaître les nôtres, ivres de joie à l'idée de retrouver le sinistre refuge. Et quand ils nous firent le récit de leur mésaventure, ils furent d'une clarté limpide quand bien même ils claquaient des dents : il n'y avait rien. Il n'y avait rien d'autre que de la glace à l'infini. Ils nous racontèrent que, le matin venu, ils devaient presque s'extirper de la glace dont les tentacules avaient poussé autour d'eux. Le dernier jour, ils durent même libérer la jambe emprisonnée de Chauve-poilu. Quant aux rêves, ils n'en avaient jamais fait de pires. Sitôt endormis, les cauchemars ne leur laissaient aucun répit.

En quittant leurs cabines, je me sentis plus abattu que jamais : pas d'horizon, pas de lendemain, pas d'aube ! Plus jamais d'aube ! C'était à devenir dingue. À quoi bon... même la folie semblait un luxe, une quête impossible, un désir inavouable. Alors, comme les autres, je souris à leur retour et partis m'isoler.

Mais la brume, cette maladie sournoise, n'avait pas encore joué toutes ses cartes, et il fallut attendre encore quelques jours pour que se dévoile ce qui nous transformerait à jamais. C'était, il me semble, un jour comme les autres, ennuyeux, long, lourd... un jour de désespoir perdu, sans passé ni avenir, à s'occuper des malades dont l'état ne s'était ni amélioré ni dégradé, et à briser les assauts de la glace qui cherchait à s'emparer du navire.

Mais ce jour-là, quelqu'un apparut à l'horizon. Pour être exact, ce fut Lil' Jack qui l'aperçut le premier. Sans plus attendre, il nous appela tous et tous nous accourûmes aussitôt. En effet, et je le vis de mes yeux, quelqu'un se promenait au loin ; il se promenait calmement, tranquillement presque, même si nous le devinions plus que nous ne le voyions réellement. Sans attendre, Lil' Jack se manifesta et il appela l'inconnu qui se tourna brutalement vers le bateau avant de rester ainsi, immobile. Le jeune Anglais cria de nouveau, tandis que Sogarvans posait sa main sur son épaule.

– Du calme, Jack. Personne ne descendra d'ici.

– Mais, capitaine, il y a quelqu'un là-bas, peut-être qu'il connaît l'endroit ! Vous imaginez ?

– Et si c'était un piège de ces limbes pour nous faire quitter le bateau ? dit Hector.

– C'est impossible, on n'a jamais vu personne d'autre, ici.

– Il n'a pas de paquetage, ajouta le médecin. Comment pourrait-il survivre dans ce désert sans vivres ni outils ?

Ce constat acheva de convaincre le capitaine :

– Messieurs, allons chercher les armes. Jack, tu restes ici et tu le surveilles, qu'il n'approche pas du bateau.

Nous saisîmes chacun un pistolet ou un fusil et retournâmes sur le pont. Je pris également ma paire de jumelles.

– Il a bougé ?

– Non, dit Jack en saisissant machinalement une arme. Non, il reste immobile.

Sogarvans leva ses jumelles avant de les baisser et de grommeler :

– Damné brouillard...

La scène avait assurément quelque chose de grotesque : nous étions armés jusqu'aux dents, immobiles et méfiants devant une silhouette au loin.

– Tirons-lui dessus, suggéra Daniel. Si la détonation le fait bouger, c'est qu'il est humain.

– Enfin, tu n'y penses pas ! Si on le touchait ?

– Il est hors de portée, dit-il en levant son fusil. Je veux seulement m'assurer que c'est bien un homme...

– Non, attends ! Attends ! supplia Lil' Jack.

– Bon Dieu, Jack, mais qu'est-ce qui te pr...

Viktor n'eut pas le temps d'achever que Sogarvans lui avait abaissé son arme et l'avait saisi à la gorge. Nous sursautâmes tous face à cet élan si furieux. Silence. Le capitaine était impassible, comme s'il avait revêtu un masque de cire, mais que signifiait ce mouvement brusque, sauvage, haineux ?

– Ne blasphème plus jamais sur mon bateau... plus jamais, c'est clair ? Ou je te tue. Oui, je te jure que je te tue...

J'aurais dû prendre conscience de ce que je voyais, mais j'étais tellement stupéfié qu'au lieu de m'interroger sur la réaction de Sogarvans, je m'imaginai devant une scène de genre : deux hommes immobiles sur un fond gris, l'un étonné – apeuré – ; l'autre vengeur – terrible.

– Bien... murmura faiblement Viktor. D'accord, pardon...

Sogarvans le lâcha et se détourna brutalement en marmottant une prière. Viktor, en se massant la gorge, lança un regard féroce vers le capitaine, et on lisait sur ses lèvres muettes des bordées d'injures. Puis en se tournant à nouveau vers l'ombre au loin, son visage se décomposa :

– Jack ! Jack, reviens !

Le gamin avait profité de l'incident provoqué par le capitaine pour se glisser hors du bateau et il évoluait maintenant sur la glace, armé d'un simple revolver. Nous hurlâmes de toutes nos forces mais il ne s'arrêta pas. Reviens ! Reviens ! Nous jurions et parjurions sans que Sogarvans, qui criait lui aussi, s'en aperçoive. Reviens, bon Dieu ! Mais il avançait ! Et il avançait encore, comme un somnambule dont le bras armé se levait et s'abaissait sans cesse. Reviens ! C'est un piège ! C'est de la folie !

Je portai vivement les jumelles à mes yeux et manquai de me blesser tant je tremblais. Le gamin était comme une machine obéissant à un ordre d'un autre monde. Pourtant il finit par s'arrêter, comme s'il reprenait brutalement conscience : il se trouvait en face d'une ombre qui semblait se tenir derrière un miroir. Lil' Jack avait d'ailleurs levé son arme et la braquait sur la brume. Le silence sur le bateau était plus pesant que jamais. Une tension folle nous habitait.

Peut-être que personne ne me croira mais tant pis, je dois l'écrire. Je le dois. *La brume s'écarta soudainement* et elle révéla ce qu'insidieusement nous savions possible : c'était un autre Lil' Jack. Du moins c'était son visage car le reste du corps n'était qu'une parodie grossièrement humaine. L'autre Jack souriait cruellement à cause de son rictus démesuré, et son regard fixe, dément, roulait des yeux sans vie de porcelaine. Enfin, cette chose donnait du dégoût, comme si son existence même était une injure aux lois de la nature. Puis elle tendit ses bras noirs pour une étreinte ignoble ; déjà la brume commençait à se refermer lentement sur notre camarade qui eut le réflexe le plus tristement humain et salvateur possible : il fit feu. La balle se logea dans l'un des yeux du monstre. Aussitôt le sourire maculé de sang disparut et les bras se retirèrent en fondant.

Nous ne songions plus à rien, écrasés d'angoisse et de désarroi : nous étions bel et bien dans la démence, si ce n'était, comme certains le pensaient, dans les limbes ou en enfer. Mais l'affrontement avec la réalité ne cessa pas ; un grondement sourd se leva et fit trembler le sol. Sogarvans fut le premier à se reprendre :

– Jack, reviens ! Reviens !

Cette fois, le gamin réagit et fit volte-face avant de courir aussi vite que possible pour nous rejoindre tandis que le brouillard se chargeait de ténèbres comme les nuages se chargent d'orages et que les tremblements faisaient se fissurer la glace de partout.

Je crois que c'est à cet instant que je suis devenu fou, et tout l'équipage avec moi : au loin, la glace explosa dans un fracas d'Apocalypse et il en sortit une forme monstrueuse, gigantesque comme une cathédrale, qui ne ressemblait à rien de connu, indicible et perdue dans les méandres de la brume, dans une symphonie de pleurs, de cris, de hurlements de condamnés. Je ne savais si cette chose avait une gueule pour rugir de la sorte, mais le son émis nous transperça tous, nous brisa, fit résonner l'écho de nos démences cachées – c'était un cri de cimetière ! Le cauchemar devenait réalité, et sans l'excuse du sommeil, nous étions nus devant l'Immonde.

Non pas immonde : éternel. Irréel. Nous étions lucides face à ce spectacle qui nous lacérait l'âme – comment nos cerveaux égarés auraient-ils pu le décrire ?

Les événements s'enchaînèrent à la vitesse de la lumière : je me rappelle avoir écrasé mes mains sur mes oreilles et hurlé, à en vomir mes poumons. Mes yeux semblaient vouloir sortir de leurs orbites et ma conscience vibrait comme une corde dans mon corps. Autour de moi, Viktor hurlait, Daniel s'était évanoui et Chauve-poilu s'était fait sauter la cervelle avec son fusil. Mes genoux trempaient dans son sang sans que j'en prenne réellement conscience.

Une folie plus terrible s'était emparée des deux malades. Ils se précipitèrent sur le pont dans un état d'ahurissement terrible et mêlèrent leurs hurlements aux nôtres. Robert vomissait des insanités mêlées à des supplications. Il revivait son cauchemar avec une horreur intacte et si puissante qu'on eût dit un enfant effrayé dans la nuit. Ce n'était plus ce fier marin qui avait lutté contre la tempête et, pour fuir ce monstre qui concrétisait ses hantises, il se jeta par-dessus bord.

Je raconte cela lucidement aujourd'hui, avec un certain calme, mais à cet instant je n'étais plus moi-même : il me semblait qu'un grand chambard sous mon crâne saccageait mes souvenirs et contrôlait mon corps. Malgré tout, je parvins à m'approcher du bastingage et à constater ce que je savais pertinemment : Robert gisait le crâne brisé contre la glace... il avait réussi du premier coup. Quant à Vegard, il s'était recroquevillé dans un coin et regardait partout autour de lui comme un étranger dans un monde inconnu.

Soudain, une pensée me foudroya : Lil' Jack ! J'essayai tant bien que mal de sauver cet îlot de lucidité dans la tourmente mentale et me tournai dans sa direction : il ne courait plus ; son pas était rendu hésitant par les tremblements, et il était tiraillé entre le cauchemar, l'état conscient et l'instinct. Il avait lâché son arme et il était tout proche du bateau. Mais les pas qu'il faisait semblaient au contraire l'en éloigner, comme dans un rêve épuisant où l'on n'atteint jamais son but. Peu à peu, je parvins à cesser de hurler pour moi et le hélai avec l'aide du capitaine qui reprenait lui aussi ses esprits. La glace explosait plus vite qu'il n'avançait et, à l'idée de le voir noyé ou brisé avant d'atteindre le bateau, nous reprîmes assez de force.

Chacun est fou à sa façon, certains tuent, d'autres s'y noient, pour ma part, je saisis une corde que j'enroulai autour de ma taille et m'apprêtai à descendre l'échelle pour aller chercher le gamin que les explosions de la glace rattrapaient. Ce n'était pas du courage ; je réagissais d'instinct au spectacle que je voyais : Lil' Jack n'était plus qu'un pantin et secoué, martyrisé par les éléments qui le jetaient ici et là sur les plaques et dans l'eau. Il avait totalement repris conscience et hurlait de peur dans la tourmente solide et liquide. J'allais d'ailleurs me jeter à l'eau et mourir sous prétexte de le sauver quand deux mains puissantes me retinrent in extremis et me plaquèrent contre le sol trempé d'eau, de sang et de cervelles en grumeaux.

Je me débattis comme un damné, gueulant et maudissant celui qui avait osé me faire ce sale coup. C'était Vegard. Son visage était crispé et je sentis qu'il était à deux doigts de s'évanouir ou de se tuer de désespoir. Il y avait une détermination extraordinaire dans son regard, une colère contre cette éternité hideuse qui éclatait là-bas, si intense qu'elle me fit réaliser la folie que je m'apprêtais à commettre. Je me calmai rapidement et il me lâcha.

Même les pires choses ont une fin et l'abomination géante, sitôt sa fureur assouvie et la certitude de nous avoir profondément atteints, se retira lentement au fond des eaux, dont la surface solide se reforma quasi instantanément. Tout revenait à sa place, comme un puzzle que l'on verrait s'assembler seul, et le tout dans un fracas d'un type nouveau, plus osseux... et avec Lil' Jack dedans.

Le gamin avait été happé à quelques mètres du bateau, et nous pouvions constater avec horreur que les soubresauts de la vie le secouaient encore sous la glace épaisse de quinze centimètres.

– Jack ! Nom de... rugit Sogarvans en tremblant de rage et de peur. Ah ! Avec moi, tout le monde ! Des... des pioches ! Des pelles ! Des piques ! Des harpons ! Prenez tout ! Dépêchez-vous, nous devons le libérer !

Nous venions de survivre au pire mais nous n'avions pas le droit au repos et nous saisîmes chacun un outil de fortune. Et le monstre, me direz-vous ? Au diable ! C'était étonnant mais nous n'y pensions plus. Peut-être avait-il été dans nos têtes ? Nous n'en restions pas moins vivants et désireux d'aider notre compagnon. Et nous étions furieux de nous être laissé prendre à ce piège qui se refermait, de n'avoir pas rattrapé le gamin quand il était encore temps, et nous déversâmes cette colère contre la prison qui retenait le plus enjoué d'entre nous – le plus vivant. Nous passâmes à côté du cadavre de Robert sans lui accorder un regard et une fois au-dessus de Lil' Jack, nous frappâmes comme des brutes et transmîmes à nos coups cette force née de la rage et de l'impuissance.

Dieu n'est plus, il est mort comme un rat depuis longtemps. Ou, s'il existe, il nous déteste et nous le fait savoir constamment. Quoi qu'il en soit, je ne sais si c'est son œuvre ou celle du destin ou de je ne sais quoi encore mais un miracle se produisit : la glace incassable jusqu'alors finit par se fissurer et tomber en croûtes, nous permettant de saisir le gamin et de le sortir, tandis que Sogarvans donnait l'ordre à Daniel d'allumer le poêle de la salle des machines et au médecin de préparer ses instruments. Nous nous dépêchâmes également de trouver le plus de couvertures possible, quitte à prendre celles de nos cabines, puis, une fois cela fait, le médecin nous pria de le laisser seul avec le rescapé.

J'avais aidé à percer la glace, à porter Lil' Jack dont les vêtements et le corps trempés m'avaient brûlé les doigts, et pourtant je n'avais osé le regarder une seule fois. Et ce fut avant de remonter sur le pont – car le danger pouvait revenir à tout moment – que je me rendis compte qu'il était dans un sale état : son nez était brisé, ses joues étaient rouges et tuméfiées, il avait un cocard sur l'œil, du sang avait coulé de son front et collait à ses cheveux. Dieu merci, son corps était dissimulé, même si je me doutais que la cage thoracique devait être enfoncée, ses bras et jambes être tordus par l'étau. C'était peut-être la première fois que je ne le voyais pas sourire, et cela me mit affreusement mal à l'aise.

En remontant sur le pont, je m'aperçus que les autres marins étaient dans le même état de choc que moi et que, petit à petit, nous reprenions lentement conscience. C'est vrai, il y avait eu deux morts ; la coque du bateau était endommagée ; les dégâts matériels étaient considérables mais c'était comme si tout cela était irréel, comme si nous n'étions que les fantômes d'un songe, et ce fut avec cette sensation de vide indescriptible que je m'approchai de Trym, de Daniel et de Viktor qui lavaient le sang de Chauve-poilu à l'aide d'éponges et de seaux d'eau.

– Que va-t-on faire d'eux ?

Je ne saisis pas sur l'instant et il répéta sa question en désignant Chauve-poilu dont la tête avait doublé de volume.

– Ah, eux... on ne peut pas les enterrer. Profitons du trou là-bas pour les y jeter.

– Et les derniers sacrements ? s'indigna Daniel. Ils ont navigué avec nous, merde !

– Pas le temps pour cela, nous en avons assez vécu pour l'instant.

Ils maugréèrent et s'exécutèrent, mais lorsque Viktor voulut s'occuper de Robert, il avait disparu. Mon camarade m'appela et je constatai que ce qu'il me disait était vrai : Robert n'était plus là. Sans attendre, je descendis et me dirigeai à l'endroit même ou son corps avait percuté la glace. Celle-ci était d'ailleurs légèrement renfoncée, tachée d'une large flaque rouge dans laquelle baignaient quelques petits éclats de crâne. Je remontai à bord, gagné par une intuition absolument abominable :

– C'est une farce ?!

Mais les hommes avaient l'air aussi inquiets que moi, si ce n'est davantage.

– Quelqu'un est descendu du bateau ? Peut-être toi, Trym ?

– Non, Nordnight, je te le jure, je suis resté là, avec les autres !

C'était parfaitement affolant : il ne mentait pas. Viktor suggéra que Robert avait survécu et que, sonné, il était parti machinalement, sans plus savoir où aller. Il n'était pas besoin d'être médecin pour savoir qu'on ne pouvait survivre après avoir perdu tant de sang. C'était oublier qu'ici la raison n'avait plus cours : nous venions de vivre des choses terribles, et les frissons qui me tiraillaient l'échine m'annonçaient un futur terrifiant.

– Peut-être qu'avec tous ces mouvements, son corps aura coulé sous la glace.

– En laissant une flaque de sang bien nette et quelques petits bouts de crâne ? Impossible. Non, la glace n'a pas bougé à cet endroit.

– Il est... il est quand même pas parti... enfin, j'veux dire, c'est pas un mort-vivant, tout d'même... hésita Daniel.

– J'en sais rien, lui répondis-je, hagard. Il faudra en parler au capitaine...

– Et pour Chauve-poilu, que fait-on ?

Nous ne pouvions prendre aucun risque, et même si songer à des cadavres ambulants était aussi ridicule qu'enfantin, nous étions tous dans un état confus comme après un cauchemar : quand on sait que rien n'est vrai mais qu'on a si peur qu'on reste caché sous les couvertures. Nous rêvions éveillés, et la solution m'apparut évidente.

– On va le mettre dans la cale. Au fond, il y a une alcôve protégée par une porte en acier. C'est là qu'on range les provisions de poix et d'huile.

Bénie soit la prévoyance de Sogarvans, qui avait même pensé à cette petite annexe qui permettait d'entreposer des produits inflammables sans mettre en péril le reste du bateau. Aussitôt dit, j'envoyai Daniel prévenir le capitaine de ma décision et s'enquérir de l'état de Lil' Jack tandis que Viktor et moi allâmes vider l'annexe pour y transporter le cadavre. Le mort resterait là, tranquille, mais je ne pouvais pas laisser le pont sans surveillance. Je m'approchai donc de Vegard, qui se tenait accroupi dans son coin, les mains autour des genoux repliés contre sa poitrine.

– Vegard ? Ça va, mon vieux ?

– Oui, répondit-il d'une voix d'outre-tombe. Oui, ça va.

– Je tenais à te remercier pour tout à l'heure.

– Ce n'est rien... rien du tout. C'est normal. Tu aurais fait pareil pour moi.

C'est sans honte que je m'avouais que non, et lui aussi le savait. Non, j'aurais sacrifié les autres, je les aurais laissés crever. Quel amour de la vie avais-je encore, quelle passion égoïste brûlait en moi !

– Est-ce que tu peux garder un œil sur le pont, le temps pour Daniel de revenir ?

– Bien sûr... bien sûr...

Je le remerciai et m'apprêtai à saisir le cadavre de Chauve-poilu lorsqu'il ajouta :

– Enfermez-le bien, surtout... j'ai... j'ai rêvé des choses... des choses terribles... enfermez-le... verrouillez la porte à double tour... sinon il reviendra...

Je ne pus en savoir davantage car il refusa d'en dire plus, mais son silence obstiné renforça notre peur du pire. Ainsi, dès cet instant, je pris la décision de verrouiller les portes des quartiers à double tour et de ne jamais être seul sur le pont, décision qui fut approuvée par Sogarvans à son retour, lorsqu'il voulut inspecter la coque.

Silencieux et frissonnants, nous vidâmes totalement l'annexe qui devait accueillir le corps froid, calme et docile de notre compagnon de route. Nous étions muets, nous avions l'air soucieux : nous cherchions à chasser l'effet qu'avaient eu sur nous les conseils de Vegard, limpides et monstrueux : « ... verrouillez la porte à double tour... »

Date inconnue, jour continu...

Je pense souvent aux femmes que j'ai aimées et je regrette mes erreurs et mon comportement. Normal, jugerez-vous, que je songe à des choses pareilles dans des circonstances aussi tragiques. C'est un fait, j'ai vécu autrefois. Je m'ennuie, je suis seul en face de moi-même, fragile et perdu. Ma vie ne tient plus qu'au fil des souvenirs, et le marin fait le point sur son passé. Je vais mourir, mon sursaut est illégitime.

Comment auriez-vous réagi, mes chères aimées, en apprenant ma destinée ?

Mes jours tendres et chauds me faisaient vomir ma prison. Je suis pris dans la haine et la glace. La haine ! Au souvenir de mes crises de jalousie et de ma colère à l'égard de ces femmes, je ressentis le besoin d'éclater de rire : je ne connaissais pas alors la puissance de la haine, la vraie, celle que nourrissent les privations et la condamnation. Je suis devenu un soleilleux.

Ce que j'avais été me manque, vous ne pouvez pas imaginer à quel point. Non, vous ne pouvez même pas le concevoir ; pour cela, il faudrait que je vous isole et que je rende vos terreurs plus présentes que vous. Vous n'auriez plus de raisons de vivre, et dans le cas où vous vous en tireriez, renaître vous serait de toute façon interdit. Comme moi, vous auriez la sensation de constamment sécréter la mort.

Ma solitude sans moi. Mes pitoyables souvenirs en tourbillon. Comme je vous regrette, A..., S… [*Ici, le texte est illisible. L'encre est diluée par les larmes. Le reste du passage est raturé et le bas de la page arraché.*]

Date inconnue... même jour ? Même heure ? Peut-être qu'une seule seconde s'est écoulée depuis la dernière fois que j'ai écrit.

L'accumulation des phénomènes extraordinaires et l'absence du jour et de la nuit nous pesaient de façon abominable. Chaque seconde nous étions sur le qui-vive, ne sachant quand dormir, quand rester éveillé, si nous avions vu une silhouette étrange ou entendu des voix lugubres... il n'était pas rare de croiser des marins partis se coucher alors que l'on venait juste de se réveiller, et les réparations du bateau – qui nous furent salvatrices grâce au besoin de se concentrer pour les mener à bien – finirent assez vite. De plus, notre fatigue était constante, et il était terriblement difficile de garder le moral lorsque, au matin, nous avions la sensation de n'avoir dormi que cinq minutes. D'ailleurs, les marins qui partaient se coucher demandaient souvent aux autres de leur dire si pour eux beaucoup de temps s'était écoulé – mais cela ne concernait que les moins déprimés. Par contre, tout le monde avait changé : l'humour de Daniel avait disparu et le franc-parler de Viktor était devenu de la provocation.

Le capitaine passait son temps au chevet de Lil' Jack et dans ses livres. Nous le voyions quelquefois errant sur le pont, tournant autour de la cabine de pilotage et soupirant, deux croix dans sa main. Comme nous, il jetait des regards troublés vers l'horizon avec l'espoir de voir apparaître Robert car, comprenez, le plus ignoble dans l'horreur c'est son attente. Je craignais que certains les nerfs à vif ne causent des accidents ou pire, et j'allai de ce pas vérifier auprès de Sogarvans que les armes étaient en lieu sûr – du moins, le peu qu'il nous restait.

Ma proximité avec les survivants et mon statut me donnaient un rôle : je désamorçais les conflits, je donnais des ordres inutiles – mais suivis avec bienveillance –, bref : je contribuais à créer une apparence de normalité à bord. À côté de ces activités, j'allais parfois voir Lil' Jack même si, je dois le confesser, je ne ressentais pas la moindre empathie pour lui. On me traitera de monstre si l'on veut mais je me souciais peu des autres et le gamin me faisait plutôt pitié ; quant aux morts, je préfère ne pas en parler, ils n'existaient plus. Je n'ai aucune excuse, si ce n'est celle de cet état qui changeait mon esprit ou, comme je le crains, qui dévoilait ma vraie personnalité.

Chose hors du commun, Lil' Jack ne se réchauffait pas. Depuis des jours nous l'avions entassé sous des couvertures, nous brûlions tout ce qui nous tombait sous la main, et pourtant il était de plus en plus glacé.

Hector mit cette anomalie sur le compte de l'eau qu'on parvenait à récupérer dehors, et qui ne semblait pas avoir les mêmes propriétés que les eaux océaniques : elle n'était pas salée, elle donnait une sensation de froid qui durait des heures quand on en buvait un verre, et aurait pu tuer tous ceux qui auraient voulu s'y baigner. Je ne saurais en dire plus, c'était tout simplement inexplicable. Autant ne pas donner de faux espoirs : oui, elle finit par tuer Lil' Jack, mais dans des circonstances terrifiantes.

Cela faisait trop longtemps que nous étions ici ; nos réserves de nourriture avaient fondu et nos provisions d'eau potable s'épuisaient, malgré des rationnements draconiens. Un peu plus et nous étions bons à manger nos lacets et nos vêtements. Daniel, notre cuisinier, nous affirma qu'il préférait encore « crever la gueule ouverte ». Il avait encore de l'espoir et de la volonté, si ce n'était pour veiller à son estomac. La fatigue et le décalage nous rendaient nauséeux, impatients et inquiets. Au début, nous avions d'autres raisons plus sinistres d'être tourmentés, mais la faim devint famine et se montra aussi cruelle que la soif, et nous ne tardâmes pas à entendre nos ventres gargouiller et à voir nos muscles fondre comme neige au soleil. Nous allions crever de faim, et notre désespoir fut total quand la glace s'empara de la cale.

Tout comme la cabine de pilotage, la glace avait envahi l'intégralité des caisses et des tonneaux présents, des cordages et des outils, des lanternes, de l'huile, des mèches, etc. Après inspection, nous constatâmes qu'elle s'était introduite par un éraflement que nous n'avions pas vu, caché sous un empilement de caisses, et qu'elle avait tout enrobé du sol au plafond. Si les circonstances n'avaient été aussi tragiques, j'aurais presque pu admirer le spectacle mais, comme les autres, j'étais horrifié : la glace, avec une incroyable rapidité, avait durci et elle était à présent plus dure que l'acier. Nous utilisâmes tous les outils possibles pour attaquer cette gangue transparente, en vain. Nous tentâmes même de la faire fondre en utilisant un peu de notre réserve de poudre, de mèche et d'huile sans obtenir le moindre résultat. Alors les premiers signes de panique apparurent : Viktor et Daniel se battirent sans que personne ne les arrête ; Vegard, qui était devenu un poltron, se recroquevillait au fond de sa cabine. Nous l'entendions chuchoter et marmonner ; Sogarvans et Hector, les seuls à garder un semblant de calme à cause de l'état de Lil' Jack, restaient immobiles à son chevet. Trym, pour sa part, avait besoin d'un bouc émissaire. Il avait des accès de rage contre moi, il alternait menaces de mort et graves crises de religion. Je restais constamment sur mes gardes. Car, oui, depuis que le bateau était bloqué ici, la bible du capitaine passait de main en main et chacun, en ouvrant le livre au hasard, espérait y trouver un réconfort ou une explication. Lors de mes moments de faiblesse, je le parcourais comme eux, en jetant un bref regard à la table des matières qui m'était inconnue avant de le reposer sitôt que ma raison reprenait le dessus. Dieu ou ce qui y ressemblait n'était d'aucun recours pour mon désespoir – et puis je n'y croyais pas. Aussi curieux que cela puisse paraître, personne ne demanda à Sogarvans de l'aide pour interpréter les Écritures ou le soutien de sa foi : comme si nous voulions garder en nous-mêmes notre mal, nos illusions et nos craintes.

Nous cherchâmes à pêcher avec le matériel de fortune qui nous restait mais c'était peine perdue : sous la glace que nous mettions des heures à transpercer, il n'y avait nulle vie, et nous finissions par rentrer les mains vides après des efforts inutiles. La faim nourrissait nos démences et la folie nos éclairs de lucidité. Ce fut après une semaine et demie de jeûne que, par le plus grand des hasards, je croisai mon reflet dans un miroir de glace. Il me surprit : je ne reconnus pas le jeune homme plein de vie, enjoué et amical ; j'étais barbu, sale, la peau de mon visage avait jauni, des cernes étaient apparus sous mes yeux et mes cheveux gras avaient poussé. Je flottais dans mes vêtements à cause des privations et je m'étais un peu voûté. Je réalisai que non seulement je n'étais mentalement plus moi-même, mais que mon corps ne me ressemblait plus : si on m'avait affirmé que j'étais quelqu'un d'autre je l'aurais cru.

Alors c'est avec un regard neuf que je pris conscience des changements en chacun de nous, très perceptibles et plus certains que la mort : nous devenions des cadavres ambulants. Mes camarades étaient parfois pires que moi : les orbites de Sogarvans s'étaient profondément creusées, Daniel perdait ses dents à force de boire l'eau maudite, Vegard serrait constamment ses jambes atrocement maigres contre lui...

La famine modifiait peu à peu notre rapport au monde. Nous finîmes par penser avec notre ventre : mangeable, immangeable ? Nous ne pouvions plus faire de feu et nos réserves de pétrole destinées aux lampes étaient presque vides ; où trouver de quoi se mettre sous la dent ? Le simple fait de nous imaginer dévorant une magnifique pièce de viande suffisait à nous gâcher le moral pendant des heures. Les cordages sont-ils en bon état ? *Sont-ils comestibles* ? Nous finissions même par nous soupçonner les uns les autres de cacher de la nourriture en comparant nos maigreurs, ce qui attisait des tensions et des envies de meurtre. C'était chacun pour soi, c'était à qui serait le plus rusé, le plus fourbe, et tant pis pour les autres.

Lil' Jack finit par mourir. Hector le découvrit alors qu'il venait prendre sa tension, au début de sa garde. Daniel, chargé de le surveiller, jura tous les dieux que le gamin n'avait fait aucun bruit et qu'il devait être mort depuis longtemps. Il y avait de l'ironie dans le fait qu'il avait encore une peau blanche et ressemblait plus à un homme en vie que nous qui, penchés sur lui, silencieux, le dévisagions avec curiosité, pitié et tristesse. La joie était définitivement morte avec lui et nous laissait plus lamentables que jamais.

Nous refusions de le descendre à la cale avec Chauve-poilu pour diverses raisons, mais, en racontant mon enfer, je me rends compte qu'une seule prédominait : la faim. Certes, nous ressentions de l'horreur, du désespoir, une perte, une envie de vomir, mais les jours de famine réveillaient notre faim, et si ce n'était nos scrupules de civilisés, je sais que nous nous serions jetés sur lui sans attendre. Que voulez-vous, nous étions devenus des monstres pourrissants. Peut-être considérerez-vous le cannibalisme comme une atrocité mais au fond ce n'est qu'une question de point de vue, de civilisation, de mœurs. Et rien de plus. À la suite du décès de Jack, nous nous sommes retrouvés dans ce qui faisait office de salle commune afin de discuter de notre avenir, et ce pour la première fois depuis que nous avions embarqué. En bout de table, Sogarvans, la tête dans les mains, restait silencieux ; il ne savait que dire.

– Messieurs, je... je sais que notre voyage est un cauchemar et je ne sais pas ce que nous allons faire. Nous ne savons pas où ni même sur quoi nous avons échoué, nous n'avons plus de quoi manger ni boire, nos morts s'accumulent, je...

– On sait tout ça, cap'taine, dit Trym. On sait dans quelle merde on est, mais il faut survivre. Vous savez comment ? Et vous, doc ?

Ils répondirent par la négative, puis nous fîmes un tour de table afin de prendre l'avis de chacun. Ils étaient tous d'accord : il fallait quitter le navire.

– Si nous restons ici, nous allons crever. Regardez ! La glace dévore tout, ce n'est qu'une question de jours pour qu'elle recouvre entièrement le bateau, tout au plus de semaines. Le *Providence* est mort et bientôt nous mourrons avec lui !

– Sortir ? Mais ils n'attendent que ça... répondit Vegard. Tu as raison, Trym, nous allons à une mort certaine, ici, mais tu oublies ce qui s'est passé lorsque tu as tenté une première fois de t'en aller ?

– Si nous avons une chance de leur échapper, je préfère la saisir que d'attendre qu'ils viennent nous chercher ici.

– Sitôt dehors, ils t'auront. La brume est leur royaume et tu seras à leur merci.

– Et qu'en sais-tu, espèce de fou ! Es-tu descendu ne serait-ce qu'une fois du bateau ? As-tu affronté ce qu'il y avait en bas comme Jack et moi l'avons fait ?!

– Je l'ai rêvé, c'est bien suffisant.

– Ah ah, des rêves ! hurla-t-il en se levant. De simples songes, et tu crois que je vais gober les divagations d'un malade !

– Tu devrais.

En temps normal, Vegard se serait jeté sur Trym pour lui faire ravaler ses insultes, mais son calme était souverain et excitait ce dernier qui noyait sa peur dans des flots de paroles. C'était à croire qu'il avait oublié les limbes.

– Alors tu préfères rester ici, grand bien te fasse... siffla-t-il en se levant. Mais ne compte pas sur moi pour venir pleurer ton cadavre.

Puis il repoussa brutalement sa chaise et s'apprêtait à quitter la pièce lorsque Sogarvans l'interpella :

– Où vas-tu ?

– Je quitte le bateau.

– Tu n'y penses pas, malheureux ! Tu mourras, dehors !

– Qu'importe ! Nous sommes déjà morts, tous ! Nous sommes en sursis ! Autant se tirer une balle dans la tête.

– Seigneur Dieu, mais...

– Laissez-le partir, capitaine, dit Daniel d'un ton sinistre alors que Trym disparaissait. Il a fait son choix, et chacun a le droit de choisir sa fin.

– Capitaine, vous ne le retenez pas ?

– Qu'importe...

Nous n'avions même pas pu lui souhaiter bonne chance. J'hésitai à mon tour à donner ma pensée :

– Je... il nous faut donc survivre, n'est-ce pas ? Il... il faut jouer le tout pour le tout, c'est bien cela ? Être prêt à tout, n'est-ce pas ?

Ils acquiescèrent.

– Où veux-tu en venir, Nordnight ? demanda Sogarvans en grimaçant.

Il le savait, et mon plaidoyer le choqua plus que les autres, mais dans des proportions moindres que ce à quoi je m'étais attendu, ce qui confirma ce que je savais déjà : ils étaient tous rongés de faim.

– Il faut qu'on mange avant de tous y passer, et... et Lil' Jack est mort tout récemment, il...

– Tu n'y penses pas ! hurla Hector.

Il me dévisageait comme un monstre, ce qui ne me fit rien. Je m'étais préparé à en être un. Et puis, à cet instant, que pouvait-il m'arriver de pire ?

– Si. Si, j'y pense. Comme vous, je suis prêt à tout pour survivre.

– Tu es un monstre, Nordnight, siffla Sogarvans. Un type effroyable. Vegard n'aurait jamais dû te retenir quand tu voulais te jeter à l'eau.

Son visage s'était décomposé et sa bouche s'était affaissée de dégoût, comme s'il se tenait devant le mal incarné. Mais du moment où je savais qu'il était aussi perdu que nous, je ne respectais plus Sogarvans, et je répliquai avec colère :

– Un monstre... ? Pas plus que vous tous. Arrêtez de jouer les surpris, les choqués : allons ! vous y avez tous pensé ! Seulement, je suis le seul à dire à voix haute ce que votre conscience retient d'avouer, mais elle finira par vous tuer. Enfin, vous ne comprenez pas ? Nous sommes dans un autre monde, les règles qui régissaient notre civilisation ne s'appliquent plus ici ! Vous l'avez dit vous-même, Sogarvans, tout ici est délirant et menace notre vie ! Lil' Jack, Robert, Chauve-poilu, et Trym bientôt ! Nous allons tous les suivre si l'on ne fait rien ! Vous n'avez pas encore réalisé que notre survie est au prix de l'horreur ?

– Ne mélange pas tout, Nordnight, tu ne proposes pas de solution pour nous en sortir comme des êtres humains ! Alors le pauvre Jack n'était pour toi qu'un morceau de viande tout juste bon à bouffer ? Tu n'attendais que ça !

Je renversai ma chaise en me levant d'indignation et de rage ; mes pensées se cognaient et je me sentais brûlant, prêt à bondir et à massacrer Sogarvans qui continuait de me défier d'un regard aussi sauvage que le mien. Je voulus sourire mais je montrai les dents comme une bête :

– Non, l'idée m'est venue en même temps que vous, capitaine. Vous croyez que je ne sais pas pourquoi vous le conserviez au chaud sous les couvertures au lieu de le mettre à la cale avec Chauve-poilu ? Vous n'osez l'admettre parce que votre pitoyable morale fait encore barrière, mais attendez que la faim devienne insoutenable... et vous oublierez votre foi, votre bible, vos préceptes et vos croix. Et nous verrons alors la vérité nue de votre état.

– Comment oses-tu, pourriture, comment oses-tu ?! hurla Sogarvans en se levant à son tour.

– Eh bien ? Il faut alors insulter votre religion pour vous faire sortir de votre accablement ? Vous comptez fuir et vous enfermer dans votre cabine, encore une fois, et vous replonger dans ce satané recueil de contes !

C'en fut trop : Sogarvans se jeta sur moi et me plaqua contre un montant en me saisissant à la gorge. J'en avais fait autant et nous restions là, l'un face à l'autre, prêts à mordre comme des animaux et usant nos dernières forces, sous le regard médusé des autres hommes.

– Libre à vous de ne pas toucher à Lil' Jack, mais moi, je ne veux pas crever. Pas comme vous, du moins.

– Encore faudrait-il que tu puisses le toucher, et je t'en empêcherai.

Malgré moi, j'éclatai de rire et le fis taire. Ce n'était pas un rire franc et moqueur, mais bien une explosion convulsive et désespérée, une ironie sardonique ! Il voulait m'empêcher, à présent, comme s'il avait encore la moindre prise sur nous ! La scène était tellement invraisemblable : le débat était irréel, notre assemblée de cadavres était sinistre, notre avenir corrompu, et nous nous battions quand seule aurait dû compter notre survie. Cet état de mort imminente, cette atmosphère maladive et pourrie, pendant l'instant de ce rire, me rendit fou à lier et, alors que chaque éclat secouait brutalement ma cage thoracique, je perdis tout contrôle : mon regard effraya Sogarvans et je me découvris une force inouïe dans les mains. L'idiot ! L'idiot ! Son dieu ne nous avait été d'aucune aide, et, parce qu'il était soumis aux lois d'un autre monde, il s'autorisait à crever et à nous tuer ! Il nous refuserait le seul moyen de survivre : se repaître de Lil' Jack, bouffer Lil' Jack, déglutir Lil' Jack, digérer *du* Lil' Jack ! Il ne voulait pas comprendre !

Mon rire l'avait tant surpris qu'il avait relâché son étreinte.

– Les autres le toucheront avant moi.

Ils gardaient tous les yeux baissés, honteux de m'entendre exprimer leurs inavouables désirs. La faim leur faisait aussi perdre la raison et ils réalisaient que l'attachement à la vie brisait les tabous les plus sacrés. Sogarvans se rassit, effondré, et plongea la tête dans ses mains avant de soupirer.

– Il nous faut prendre une décision, capitaine, dis-je. Nous ne pouvons attendre que la mort nous prenne les uns après les autres sans réagir.

Et personne n'était prêt à l'accepter : les enjeux et les risques étaient trop importants. Nous risquions la mutinerie. La faim rendrait les hommes fous et capables du pire. Non, quoi que j'essayais d'imaginer, la solution était toujours la même : il nous fallait manger Lil' Jack. Sogarvans le savait, quoiqu'il lui en coûtât. Il devait peser le pour et le contre, et devait se demander : Dieu tolérerait-il cela ? Ma conscience ? Il ne pouvait oublier sa propre faim, elle aussi colossale. Il transpirait malgré le froid, ses mains tremblaient abominablement. Il devait comprendre, il était nourri de la même détresse que nous.

– Faites ce que bon vous semble... ou plutôt ce qui vous semble juste...

Puis il se leva lentement en repoussant sa chaise et, soudain, l'empoigna et la balança contre le mur, renversant au passage divers objets sur une étagère. Enfin, il me dévisagea un bref instant et partit. Ce dernier regard me foudroya littéralement : les pupilles bleues du capitaine m'avaient transpercé comme des balles, et dans son terrible silence, il m'avait clairement fait comprendre que j'étais désormais responsable de tout ce qu'il adviendrait. Moi et personne d'autre. Et, comme je le pressentais avec horreur, ma perdition serait désormais totale.

Nous nous mîmes d'accord à demi-mot : nous cuisinerions Lil' Jack en ragoût, avec ce qu'il nous restait de pommes de terre et de fèves. Cuisiner un homme, cela vous rappelle peut-être les ogres qui peuplent les contes de fées... et bien, sachez que la réalité ne peut se comparer à nos frayeurs d'enfant. Peut-être sommes-nous des monstres par essence ? Ce que je vis me terrifia sans m'arrêter. Les marins, mes amis, mes compagnons, rentraient la tête dans les épaules, et ceux qui osaient la lever finissaient tôt ou tard par ne plus me supporter : pour eux, j'étais un monstre. J'avais osé formuler ce qu'ils pensaient tout bas et, par conséquent, je supportais seul désormais l'ignominie collective.

– En ragoût, dis-je. Bonne idée. Mais je veux que tout le monde assiste à sa préparation.

Pourquoi ajoutai-je cela ? Je n'en sais rien. Peut-être que je refusais inconsciemment d'être le seul coupable.

– Tu penses avoir ce qu'il faut pour cela, Daniel ?

– Oui, je crois.

Je souhaitais, comme tous, que la besogne de cauchemar soit déjà accomplie, mais Lil' Jack était encore allongé sur son lit, raide et glacé. Daniel et moi le soulevâmes en bloc et le posâmes nu sur la table de fer de la cuisine. En m'attardant sur mes semblables, je constatai que la seule différence entre eux et le gamin était leur immobilité épouvantée. Je laissai Viktor, Hector et Vegard murmurer des prières ou de pitoyables excuses. Daniel saisit un hachoir et le déposa sur la table avant de préférer un long couteau et, finalement, une lame dentelée. Puis, d'une voix chevrotante, il demanda à Hector à quel endroit les os, tendons et ligaments seraient le plus faciles à découper. Le médecin rétorqua qu'avant tout il fallait le saigner. Hector se proposa donc de le faire, désireux de ne pas laisser son ami opérer seul.

– Amenez-moi une bassine, ou n'importe quoi de grande capacité. Tenez, cette marmite là-bas fera l'affaire.

Hector parlait trop fort pour avoir l'air naturel mais qu'importait. Nous tirâmes le cadavre pour placer sa tête vers le récipient et, dans un mouvement incertain, tremblant quoique décisif, Hector ouvrit la gorge de Lil' Jack, de laquelle, sitôt la peau écartée, un épais flot de sang dégoulina. Le médecin recula brutalement, comme s'il avait eu peur que le gamin se réveille et réclame vengeance, mais il n'en fut rien, et nous restâmes devant ce spectacle hideux qui annonçait notre repas.

Bien vite, la marmite fut remplie des cinq litres que contenait le gamin, qu'on replaça sur la table, plus pâle qu'un linceul.

– Daniel... murmurai-je.

– Oui, oui...

Il couvrit d'un bout de tissu le sexe du gamin, s'arma de son long couteau effilé, saisit une jambe en ravalant un sanglot puis... Daniel le cuisinier, l'amateur d'art, l'homme qui aimait chercher des correspondances entre ses deux passions, sans en préférer aucune, en était à présent réduit à trancher dans le cadavre d'un enfant.

J'espère pour vous, qui lisez ce journal, que vous n'aurez jamais à entendre le terrible raclement de la lame dans la chair. Daniel avait le visage crispé, la mâchoire serrée à s'en briser les dents et se retenait de trembler et de vomir. Je le voyais bien, il se contenait de toutes ses forces pour ne pas pleurer, pour ne pas laisser libre cours à l'horreur démente qui nous habitait tous. Nous savions que si quelqu'un paniquait ou quittait la pièce à cet instant critique, notre courage, aussi fragile qu'une toile d'araignée, nous abandonnerait et nous ferait accepter l'idée de crever plutôt que de continuer ce travail sordide. À dire vrai, il s'agissait moins de courage que d'une pulsion carnassière : le besoin impérieux de sentir un morceau de viande sous nos mâchoires, de le posséder, de le goûter, de le mâcher... et, pour en finir, de l'avaler.

Daniel atteignit l'os et le grincement répugnant qui vibra dans le silence nous arracha des frissons, de véritables spasmes que même le froid du dehors inhumain ne nous avait pas provoqués. Il retira le couteau et prit la lame dentelée qu'il plongea dans la chair crevassée, puis il inspira brièvement et reprit son manège. Le grincement s'accentua : les esquilles sautaient au passage des dents.

Les nombreuses blessures qui m'avaient été données à voir n'étaient rien à côté de ce qui s'étalait devant nous : l'arborescence des vaisseaux, la rougeur de la viande à vif et la moelle écumeuse – tout ce que la nature nous cache en l'empaquetant de peau.

Nous ne quittâmes la cuisine que lorsque les morceaux furent placés dans l'eau bouillante avec les condiments. Un par un, nous nous défilâmes. Certains s'enfermèrent dans leur cabine, d'autres, comme moi, s'isolèrent sur le pont. J'imaginais que le bouillon parlait... Lil' Jack avec qui j'avais voyagé et partagé des émotions. Enfin, je ne l'avais pas tué ! Il était déjà mort ! J'essayais en vain de me dire qu'il vivrait en moi, que j'allais lui donner une seconde chance, mais sitôt que je le pensais, ma mauvaise conscience resurgissait, acide comme une insulte. Je songeais à l'horreur que j'avais décidée et finissais par me convaincre que j'étais devenu aussi monstrueux que la brume et la glace.

La viande fut cuite, et nous nous réunîmes comme à la table du diable, plus fermés et honteux que jamais. Daniel déposa le lourd récipient sur la table et souleva le couvercle en reculant dans un sursaut tandis qu'une fumée épaisse dansait au-dessus du plat. L'odeur aiguisait notre appétit autant qu'elle nous répugnait. Les ventres grondèrent. Daniel nous servit les uns après les autres en respectant l'ordre hiérarchique, et mon assiette, malheureusement, fut la première remplie. C'était aussi affreux que je l'appréhendais : ça ressemblait vraiment à une bonne viande, bien tendre, bien fraîche. Elle semblait appétissante, quoiqu'un soupçon d'amertume s'en dégageât. Une fois tout le monde servi, je restai perdu devant mon assiette : allais-je franchir le pas ? J'étais déjà allé très loin, et c'est cette hésitation devant les autres qui me poussa à saisir ma fourchette, mon couteau, et à lentement découper un morceau. Je le piquai – sa légère résistance m'intimida – et, après y avoir associé un peu de pommes de terre, je l'approchai de ma bouche. Le regard des autres était fiévreux, brûlant, je manquai de vomir – mes tremblements étaient incontrôlables... mais je n'avais plus le droit de faiblir. J'allais entraîner leur réaction, et cette idée me mortifia.

J'enfournai la première bouchée et je mâchai résolument. Comme si le fait d'extirper le jus de la viande en la compressant entre mes molaires pouvait rendre à Lil' Jack un semblant de réalité, je pensai silencieusement à lui. Pour dire vrai, j'avais oublié les autres qui grimaçaient et buvaient un peu d'eau pour faire passer leur nausée, je n'avais plus que ce gamin en tête. Ce gamin qui aimait rire. Je mâchai. Qui avait une jolie voix. Je mâchai. Qui avait toute la vie devant lui. Je mâchai. Qui était heureux. Je déglutis bruyamment. Silence.

– Ça se mange.

J'aurais voulu ajouter un « ce n'est pas mauvais » mais j'eus le bon goût de retenir ma langue. Les autres se mirent à manger à leur tour, aussi lentement que moi, en examinant gravement chacune de leurs étranges bouchées, comme si elle allait leur sauter au visage. Nous étions tous partagés entre le contentement de se remplir le ventre et la sensation d'être des bêtes féroces. Comprenez-moi : nous mangions l'un des nôtres et nous en éprouvions une satisfaction extrême. Plus je multipliais les bouchées, plus ma faim rentrait ses griffes, ma fatigue diminuait et mon moral semblait renaître... pourtant, il était impossible de faire abstraction de la réalité : je bouffais un gamin comme un ogre se repaît d'un petit enfant et je déplaçais les morceaux dans ma bouche avec ma langue sans que cela me dérange.

Avec cette viande, je nourrissais en même temps un profond dégoût contre moi-même que je sentais craquer entre mes dents ; je tremblais et j'étais en pleurs. Je cessai de manger un instant, le temps de refréner de nouveaux sanglots. Pendant ces quelques secondes, je rassemblai ce qui me restait de courage pour ne pas renverser la table dans un accès de fureur : ces sons ! Ces plats qui s'entrechoquent ! Ces couteaux qui coupent la viande ! Ces mastications consciencieuses ! Des insultes ! Des insultes sonores ! Calme-toi. Calme-toi, bon sang, ou tu vas le regretter. Non, ne les regarde pas, ne surprends pas leurs joues bombées par la chair de ton ami, leurs regards lâches, dépités, leurs regrets amers et les larmes qui coulent dans leurs assiettes...

J'entendis Hector se retenir de vomir et tout ravaler, la main plaquée sur la bouche, le corps secoué de sursauts. Son hideux lambeau dégluti, il s'empressa de boire une grande gorgée d'eau et de se fondre de nouveau dans son mutisme. Des toussotements cachaient pathétiquement le manège des marins qui buvaient à grands traits entre deux bouchées en regrettant qu'il ne se fût agi de whisky ou de vodka. Seul Vegard mangeait, comme s'il n'avait plus conscience de rien. Son visage était inexpressif et il mâchouillait calmement.

Malgré tout, nous nous levâmes de table, tout en nous efforçant de ne pas songer au prochain repas. Je remplis une assiette pour Sogarvans et allai la lui porter. Je frappai à la porte de sa cabine.

– Entrez.

Le capitaine me tournait le dos, assis à sa table de travail devant une bible ouverte.

– Votre part, capitaine, dis-je.

– Je l'ai sentie cuire, votre satanée bouffe, et je refuse d'y toucher. Mettez ça hors de ma vue et fichez-moi le camp.

– Vous devriez manger, rétorquai-je en déposant l'assiette sur une table.

– Un ami. Un marin, fit-il sans se retourner. L'un de vos compagnons et vous avez osé... Vous me répugnez.

– C'était ça ou nous crevions, vous le savez très bien.

– Le risque était à prendre.

– Tout vaut mieux que la mort.

– Que vous croyez, minable... dégagez, à présent.

Sa voix tremblait de rage et je sortis sans rien ajouter, en prenant soin de laisser la nourriture là où elle était. Je craignis un instant qu'il ne me rappelle pour m'ordonner de la reprendre mais il n'en fut rien et je décelai dans ce silence les fruits pourris du doute.

Quant à moi, désabusé, j'allai m'accouder à un bastingage du pont. La mélancolie qui me rongeait d'habitude s'exacerbait. Je me rappelais les nombreux quarts où, assis sur le pont, je contemplais l'éternité chimérique, les reflets de la lune dans l'eau, et je songeais non pas à mon pays, au port, à mes amis, à mon passé, mais à l'amour, dont le destin m'avait privé. Je vivais ce que j'étais devenu et chaque battement de mon cœur, chaque soupir qui s'échappait de ma poitrine, chaque parole qui sortait de ma bouche, m'était insupportable. J'étais enfermé dans la prison du présent, déchiré entre l'incertitude funeste de l'avenir et l'impossible anesthésie d'un passé douloureux. Je priais de plus en plus pour en finir. Sogarvans avait raison : vivement, vivement mon dernier souffle, car je le reconnaissais maintenant, le poids de mon existence m'entraînait par le fond. Vivement, et si je survis ? Amour, comment survivre sans toi ?

Perdition

Nos journées étaient devenues harassantes, non seulement à cause du froid qui s'intensifiait mais surtout à cause de nos repas. Le rituel cannibale nous causait un dépit souverain qui bouleversait jusqu'aux tréfonds de nos âmes. Nous nous sentions pourris mais nous nous savions inoffensifs, incapables de nous attaquer à un semblable... Ce n'était cependant pas le cas de Sogarvans. Nous le savions en vie car il laissait devant sa porte les assiettes vides de ses repas, que je déposais sur sa table tandis qu'il me tournait le dos, immobile devant sa bible, comme une statue. Notre crainte venait d'ailleurs de son silence acharné, car autant le nôtre était résigné, autant le sien irradiait littéralement de démence pure jusque dans le couloir qui jouxtait sa cabine. Au début, nous mîmes cette impression sur l'odeur nauséabonde que nous sécrétions après nos odieux repas mais, bien vite, nous abandonnâmes cette idée : tout le navire vibrait, tout était imprégné de sa folie viscérale. De plus, nous ne l'avions plus vu depuis des jours et cette absence présageait le pire – nous étions du gibier en cage avec un fauve et nous réagissions à l'instinct. Mes tremblements et mon appréhension étaient extrêmes lorsque je lui portais ses repas, et je m'arrangeais alors pour rester le moins longtemps possible dans la pièce avec ce fou capable de bondir à tout moment.

Bien sûr, nous essayâmes de lui parler, de le raisonner, mais il était ailleurs et ne nous considérait plus. Son attention était toute à ses histoires couchées sur le papier. Nous eûmes, une fois, une réaction lorsque Hector posa sa main sur son épaule et subit en retour une explosion de rage inouïe. La voix grave et forte du capitaine gronda comme un tonnerre de malédictions et de fureur inhumaine. Il s'était levé pour menacer le pauvre médecin avec son revolver – dont il ne se séparait plus – et ne se calma qu'une fois sa solitude retrouvée. C'est d'ailleurs au sujet des armes que nous étions le plus inquiets : le coffre qui les contenait toutes se trouvait sous le bureau de Sogarvans, qui, en plus de ses trois croix, conservait autour du cou la seule clé permettant de l'ouvrir. Avec du recul, en réalisant à quel point sa transformation nous mettait en danger, je regrette de ne pas l'avoir laissé mourir de faim, cela nous aurait sûrement évité de nouveaux malheurs.

Certes nous aurions pu nous mutiner et prendre possession du navire, mais deux choses nous en empêchaient : le manque de motivation ; et, surtout, l'envie inavouée de mourir. Si Sogarvans, dans un éclair de lucidité, avait voulu nous tuer, je crois que nous nous serions placés devant lui avec indifférence. Peut-être même que nous aurions souri.

Quant à moi, j'avais atteint le sommet de l'absurde en constatant que manger Lil' Jack ne parvenait plus à m'émouvoir. Je mastiquais comme faisait Vegard avec un calme souverain, avalais le tout et l'arrosais d'une petite rasade d'eau avant de retourner sur le pont, profondément emmitouflé dans un manteau rapiécé, pour m'accouder à un garde-corps et rêvasser devant un rideau de brume. Le mal avait d'ailleurs empiré : jusque-là, nous pouvions descendre du bateau et marcher un peu, mais, depuis que les tentacules s'étaient emparés de la coque et des échelles, nous étions condamnés à rester à bord et tourner en rond, morfondus d'ennui et de peur.

Parfois, j'allais dans la cale – devenue un véritable palais des glaces – pour écouter à la porte de l'annexe où nous avions entreposé Chauve-poilu. Je me glissai entre les caisses enrobées de givre et les barreaux de stalactites jusqu'au fond, à peine éclairés par une lumière grise et fantomatique, et collai mon oreille contre la porte en retenant mon souffle : pas de bruit, *requiescat in pace.* J'avais constamment en tête la prophétie de Vegard et, comme un enfant qui cherche à se faire peur, je souhaitais confronter mes doutes à la réalité, jusque-là en vain... toutefois, un jour que j'allais lui rendre une nouvelle visite, j'entendis un soupir et quelques sons ténus, comme si Chauve-poilu se déplaçait lentement.

– Attends, attends, mon vieux, je t'ouvre !

Je dois confesser qu'à cet instant précis j'avais brutalement occulté la décharge qu'il s'était logée dans la tête, j'avais oublié l'épisode monstrueux de l'apparition lointaine et, comme porté par un espoir de vie, un renouveau salvateur et inespéré, je m'apprêtais à ouvrir... lorsque je m'arrêtai, paralysé par l'horrible de la réalité. Les mains posées sur le loquet froid, je compris enfin à quelle absurdité allait me mener mon espoir, ce vestige d'humanité au fond de mon être pourrissant. Alors je compris Lil' Jack, et mon mépris à l'égard de sa naïveté aveugle face au danger disparut : sa raison s'était enfuie au moment le plus critique et une espérance aveugle avait précipité sa fin. Elle allait me mener, moi aussi, à ma perte – car cet univers de condamnation n'attendait visiblement que ce basculement. D'ailleurs, trop tard pour être logique, je revis le visage de Chauve-poilu : troué, rougi, sanglant, gonflé, *atroce*, et, de peur, je reculai. Vegard avait-il eu raison ? Je vérifiai que le loquet était solidement fixé et tapai doucement à la porte. Pas de réponse. Peut-être que ça n'avait été que le fruit de mon imagination, peut-être que... peut-être...

Mes pensées se dérobaient au fur et à mesure que je les formais, et silencieux comme une tombe je rejoignis le pont. Je n'entendis plus de son par la suite, mais, malgré cela, j'avais l'impression persistante que Chauve-poilu, en m'entendant venir, avait posé lui aussi son oreille déchiquetée contre l'acier et m'avait écouté respirer, attentif, guettant le moment où il retrouverait sa liberté. Je sentais le mort-vivant transpirer à travers le panneau et sourire de toutes ses dents irréelles et funestes – à moins, encore une fois, que ça n'ait été que cette vague odeur de putréfaction qui transpirait par en dessous et qui avait joué sur mon imagination fertilisée par la démence. Ensuite, j'évitai toute excursion dans la cale. Je me tenais sur le pont sans rien dire. Je retrouvais cette inconfortable existence par procuration où plus personne n'était vraiment lui-même.

Silence. Quelques jours encore à voir ce qu'il nous reste de viande. J'aimerais bien mourir en apothéose ou hurler. J'aimerais avoir la force de tuer les autres avant d'en finir. Je hais ma lâcheté.

Nos réserves de Lil' Jack baissaient dangereusement mais, après la panique que nous avions ressentie quand nous mourions de faim, nous esprits s'étaient calmés. Notre appétit était mort, la tension régnait encore mais, peu à peu, la routine s'installait au cœur de l'infamie. Pourtant, celle-ci fut brisée un jour que nous mangions silencieusement les restes de viande d'une façon parfaitement ignoble, comme tout ce qui était ici. Seuls dominaient nos bruits de mastication, quand Sogarvans apparut dans l'encadrement de la porte. Nous cessâmes de manger et le dévisageâmes – le silence lui-même se tut – tandis que l'air s'emplissait d'une monstrueuse vibration. Le capitaine était voûté et s'appuyait contre le mur comme un ivrogne à ceci près qu'à défaut de bouteille il serrait son revolver comme un faucon sa proie, dans cette chose aux ongles rongés, parfois arrachés, aux doigts bleuis d'hématomes, qui faisait office de main et qui semblait douée d'une volonté propre. Le pire était son visage : sa barbe autrefois bien taillée avait dévoré le reste du menton, ses yeux étaient injectés de sang et il grimaçait d'un sourire hideux. Le monstre avait quitté son antre et se tenait enfin devant nous. Il pleurait en silence.

J'ai dit que notre désespoir était morne et notre aspect cadavérique, mais la maladie qui irradiait du capitaine nous ranima d'un serrement de cœur : nous revivions le cauchemar qui nous avait détruits lors de l'apparition du monstre à l'horizon. Dans la seconde qui suivit, je crois que tout le monde s'aperçut que Sogarvans n'était plus, comme nous, une victime de ce monde, mais un avatar de l'ennemi.

Mon instinct de survie – cette inutilité – mit tous mes sens en alerte et j'observai le capitaine qui me faisait face de l'autre côté de la table et me fixait. Jamais je n'avais vu quelqu'un d'aussi terrifiant. Ses mouvements saccadés et ses tremblements semblaient arrachés à sa volonté et me donnaient l'impression de voir ses doigts opérer des déchirures. Il était bouffé, il se consumait devant nous. Dans ses mains ses croix tintaient comme des grelots de marottes, les garde-fous brisés. Enfin, toute sa démence se donna libre cours lorsqu'il les jeta rageusement par terre et nous fixa haineusement avant de me dire d'une voix étrangement placide :

– Debout, cannibale. Debout, si tu veux crever avec honneur.

Le canon de l'arme m'offrait sa gueule ouverte, ténébreuse, pour passer dans un autre monde sans lumière, sans espoir mais aussi sans malheur. Cette idée me fit sourire et me lever calmement. J'ignore pourquoi – peut-être le besoin de tirer ma révérence avec une dignité insultante – mais je me tins droit. Moi, le poltron, le lâche, celui qui avait craint la mort plus que tout, je la bravais, je la défiais.

– Voilà. Tirez.

– Tu sais que c'est à cause de toi si nous en sommes là, Nordnight.

– Bien entendu. J'avais compris que vous m'aviez remis entre les mains le destin du navire.

– Tu n'es pas capitaine.

– Vous non plus, désormais. Tirez.

Les lèvres de Sogarvans tremblèrent : un caillou s'était logé dans le rouage. Quant à moi, j'avais posé les mains bien à plat sur la table dans une attitude de défi pour en cacher le tremblement. Ce monde était certes capable de ruiner un être humain, mais il ne pouvait prévoir sa soudaine indifférence, et c'est ce qui m'arriva : je songeai à l'amour, à mon passé, aux innombrables échecs qui avaient abîmé mon existence et m'avaient mené jusqu'ici.

– Triste impertinence, Nordnight. Triste... quoique... vous l'avez suivi, vous autres. Vous méritez aussi la mort.

– Dois-je vous rappeler que vous avez aussi mangé du Lil' Jack ?

Sogarvans sourit.

– Inutile, je l'ai savouré.

Sur ce dernier terme, il me sembla que, pendant une minuscule seconde, le capitaine prenait conscience de l'horreur de son propos, mais il retrouva aussitôt son infâme rictus.

– Sa mort n'est pas de mon fait, ajouta-t-il. Je ne l'ai pas cuisiné, je n'ai jamais demandé qu'on dépose une assiette fumante dans ma cabine. Pourquoi m'avoir nourri, Nordnight ? Était-ce pour me corrompre ou par charité ?

J'eus une funeste seconde d'hésitation.

– Cessez de rechercher à tout prix des responsables. Vous savez mieux que quiconque que ce que nous vivons est sans explication.

– C'est là que tu te trompes. Il y a de la logique jusqu'en enfer, alors pourquoi pas ici ? Je l'ai ressentie et je suis certain que vous tous aussi ; une logique meurtrière, un besoin diabolique de se jouer de nous. Les limbes ont faim. Les limbes nous veulent tous, et je vous livrerais volontiers si cela pouvait me sauver, mais...

Il se tut. Dans le berceau de sa folie, Sogarvans comprit qu'il était seul, isolé face à son destin, face à nous. Il sourit comme un gamin et murmura :

– Peut-être ai-je un espoir. Peut-être... peut-être...

Et il reposa sur moi son regard halluciné.

– C'est toi. C'est toi, le mal. C'est à cause de toi que Dieu nous a abandonnés. C'est à cause de vous ! De vous tous ! Je vous avais dit de prier ! Je t'avais dit, Nordnight, de les faire prier ! Ah ! Tous ! Tous... Il nous a abandonnés.

– Il n'a jamais été là. Nous nous sommes toujours débrouillés seuls. Seuls, nous l'avons toujours été.

– Cesse de blasphémer, Nordnight !

Il fit feu. Par chance, il tremblait tellement que la balle m'érafla le bras. Les autres hommes profitèrent de l'état halluciné de Sogarvans pour se jeter sur lui et le maîtriser. Grâce à ma propre peur, je ne ressentais aucune douleur, j'étais subjugué par la fureur du capitaine qui le faisait ressembler à ses ancêtres les Vikings. Je repris mes esprits : ma réaction ne convenait pas dans un moment aussi critique mais je ne m'en souciais pas. J'observais mon agresseur qui, dans sa folie, malmenait prodigieusement les marins. En temps normal j'aurais paniqué, j'aurais supplié Sogarvans de m'épargner, mais j'étais profondément serein. Du sang coulait lentement de mon bras ; ceux du capitaine étaient couverts des morsures qu'il s'était infligées.

– C'est lui ! rugissait-il. C'est lui l'avatar ! C'est lui l'impie ! C'est lui que l'enfer a choisi pour nous corrompre ! C'est à cause de lui si Dieu nous a abandonnés, vous ne comprenez donc pas ? *C'est lui* !

Avatar ? J'écarquillai les yeux : ces limbes pouvaient-ils penser ? Ces limbes pouvaient-ils être intelligents et manigancer notre perte ? Pouvaient-ils nous insuffler des idées atroces que nous suivions aveuglément ? Ce n'était pas moi, c'était impossible que ce soit moi. Non, Sogarvans délirait et sa piété consumait les restes de sa raison au fur et à mesure qu'il hurlait, mais son anathème résonna en moi de façon inattendue.

– Non, Sogarvans, murmurai-je, à demi conscient, sur un ton à la fois tranquille et précipité. Non, c'est vous, l'avatar.

Le capitaine s'arrêta subitement – la scène devenait irréelle ! – et fit une douce expiration, les yeux exorbités, le visage convulsé, mauvais, dégoûtant, comme si sa vie filait entre ses dents. Je ne vis plus en lui que cette masse de chair qui avait dévoré de l'humain, ce dévot que les peurs concrétisées avaient transformé en un monstre d'illogisme et de fureur, en un dangereux amas de confusion. Il baissa doucement les bras et les forces qui le tendaient l'abandonnèrent. Lentement, les hommes relâchèrent leur étreinte, soulagés que la crise s'achève ainsi... mais le capitaine, dans un sursaut machiavélique, s'écarta d'eux, les bourra de coups et parvint à arracher le revolver des mains moites de Daniel. La seconde suivante, Sogarvans nous tenait tous en joue à une distance de deux mètres, adossé au mur du fond de la pièce, et il souriait. Et son large sourire lui donnait l'air terriblement heureux.

– Peut-être, Nordnight. Peut-être que c'est toi, peut-être que c'est moi, mais... ça n'a plus d'importance. Je ne suis plus capitaine... je ne suis plus rien... je...

« Non ! » Trop tard. Hector et Daniel avaient bondi mais la distance à couvrir était trop grande et ils ne purent empêcher Sogarvans de lever le canon de son arme vers sa mâchoire et de se faire sauter la cervelle en me regardant fixement. Le sang et la cervelle giclèrent contre le mur et le souillèrent d'un contraste violent dans la lumière blafarde. Nous nous immobilisâmes tandis que le cadavre s'affaissait lamentablement le long du mur et que la tête, dont la mâchoire à demi arrachée ne tenait que par quelques lambeaux de peau, vomissait des flots écarlates. Ses mains, qui portaient la marque de ses dents, s'étaient machinalement ouvertes et trempaient dans le flot sombre et chaud qui s'étirait sur le sol avec la paresse d'un chat. Je m'agenouillai devant lui : oui, en une seconde, la corruption qui lui tordait le visage avait disparu ; son expression s'était figée comme de la glace, ses yeux nous regardaient comme à travers une vitre bleue. Je me levai et dévisageai les autres, horrifiés.

– Qu'est-ce qu'il a voulu dire par « avatar », Nathaniel ? demanda Viktor, à peine remis de ses émotions.

– Je n'en sais rien. Peut-être que sa religion l'a fait délirer.

Je retins un frisson lorsque le corps saignant m'apparut dans le reflet de ma lanterne.

– Et lui aussi, on va le manger ?

– Non, Vegard. Mettons-le à la cale avec Chauvepoilu.

Manger un gamin mort de froid était une chose ; manger un homme qui s'était donné la mort en vous maudissant, en éclaboussant votre âme de tout son désespoir, en était une autre. La cale était devenue irrespirable, j'ordonnai aux hommes d'y déposer

Sogarvans et nous l'y enfermâmes à double tour, après lui avoir rendu un dernier hommage silencieux. Moi, je ne l'honorai pas d'une prière, mais je me contentai de déposer sa bible à ses côtés et de murmurer ce que j'aurais voulu lui dire depuis longtemps :

– Je suis désolé, Sogarvans. Vraiment désolé.

Il faut toujours prendre garde à nos souhaits qui, dans le pire des cas, peuvent devenir réalité. Pour ma part, j'avais souhaité du changement.

Aujourd'hui, nous avons eu du vent. Cela faisait des mois qu'il n'y avait pas eu un souffle, et plus longtemps encore que nous marinions dans nos odeurs et nos relents de bêtes, et aujourd'hui, aussi soudainement que je vous le dis, nous avons senti une brise caresser notre visage, glisser sous nos vêtements, rappeler à notre peau qu'un autre monde existe au-delà de la brume. Nous sommes tous sortis, abasourdis et pleins d'espoir : le vent n'était pas glacial, tout juste frais, et nous le humions à pleins poumons. Enfin, de l'air neuf ! De l'air qui sentait l'automne et qui me rappelait mon enfance sinistre à Oslo. Comme les autres, je m'émerveillais de ce délicieux petit rien, de ce trésor inattendu, et une chose étrange gagnait ma poitrine : de la joie. De la vraie joie, un petit je-ne-sais-quoi électrique et doux. Depuis quand cela ne m'était-il pas arrivé ? J'étais content, j'avais envie de rire aux éclats, mais je me retins. Même mes mauvaises pensées – un simple coup de vent suffirait-il ? – ne parvinrent pas à gâcher mon plaisir. Du vent ! Du vent, mes amis !

Mais nous n'avions plus aucune sagesse et, bien vite, nous nous habituâmes à ce bienfait du ciel. Oh, il était agréable, oui... mais c'était bien tout. Petit à petit, les hommes retombèrent dans leur tristesse et, finalement, désertèrent le pont. Ils s'étaient retirés, comme des taupes au fond de leur terrier, dans leur minuscule univers de bois et de métal réconfortant, et m'avaient laissé seul, absorbé dans le désir de voir d'autres choses apparaître en scrutant l'horizon. Mais au fur et à mesure de la monotonie des jours, je finis moi aussi par me lasser. J'étais aigri, je n'avais plus d'espoir. Ce monde n'était pas le mien. Ce monde n'était pas humain et pourtant nous y étions, nous l'habitions comme des parasites.

D'ailleurs, cette brise était sèche. Je l'avais crue vivifiante mais je finis par avoir l'impression de recevoir un souvenir de poussière sur le visage, d'être caressé de rudes murmures, par une chose qui ne m'était pas familière. Lâchement, je finis moi aussi par me cacher de cette brise d'os qui fracassait mes souvenirs d'enfance, mes erreurs du passé et mon amour perdu.

Nous sommes dans un autre monde. Nous sommes dans un autre monde. Nous sommes dans un autre monde. Nous sommes dans un autre monde. Nous sommes dans un autre monde. Nous sommes dans un autre monde. Nous sommes dans un autre monde. Nous sommes dans un autre monde...

Nous étions les personnages d'un bien sinistre Friedrich, aux couleurs ternes et aux dégradés de gris, pour nous-mêmes devenus des attractions.

C'est à cause de Daniel que je pense cela aujourd'hui, après une phase de sommeil particulièrement difficile dans laquelle il cauchemarda tant qu'il en poussa des hurlements de bête. Bien sûr, je courus à son secours et le trouvai là, assis sur sa couchette, enroulé dans ses couvertures sales, la bouche grande ouverte d'où sortaient des sons alarmés. Ses cheveux grisonnants avaient blanchi dans la nuit et son visage autrefois jovial était décomposé par l'effroi.

– Nathaniel ! Nathaniel !

Je m'empressai de le rassurer mais, lorsque je croisai son regard, je fus brutalement saisi : son expression ne changeait pas. Ses pupilles étaient dilatées. Était-il devenu aveugle ?

– Nathaniel, *la pittura è cosa mentale*, me dit-il.

– De quoi parles-tu ?

– Je vois, je... je vois tout en Van Gogh. Je vois en lignes, en traits, en couleurs...

C'était son tour, il était fou. Mais Daniel n'était pas Van Gogh ! Sa *Nuit étoilée* n'était qu'un monde cauchemardesque où tout se décomposait, où rien n'avait d'unité. La magie du grand maître se tournait en vision dérangeante. Les rêves de Daniel devenaient réalité et il avait franchi une barrière sacrée, il n'avait plus de mots ou de sentiments assez forts pour exprimer son désarroi. Pauvre Daniel. Je le voyais scruter ses mains tremblantes tandis qu'il se retenait de pleurer et je cherchais à imaginer ce qu'il devait voir à présent : un amas de traits de multiples nuances ondulantes et sensibles.

– Nathaniel, je veux pas mourir. Merde, je veux pas mourir ! Je suis réel !

– Ne t'inquiète pas, tu n'as pas changé.

Je comptais le réconforter en l'assurant que cela n'allait en rien l'affecter ni annoncer le pire, mais notre situation était tellement désespérée que je n'en ai pas eu le courage. Je me contentai de tapoter sur son épaule tandis que ses yeux hallucinés me dévisageaient et que, peu à peu, sa conscience le quittait. C'était une évidence, c'était toujours ainsi : chacun avait sa folie propre et finirait par en mourir. Je m'aperçus que j'avais, par pur réflexe, saisi ses mains et je les serrais fort comme celles d'un ami proche qu'on voudrait retenir. Ses plaisanteries et son air jovial allaient me manquer. J'étais si nauséeux et abattu par la mélancolie que je finis par les lâcher. À la place, j'y glissai un revolver. Daniel s'en empara, en émettant des sanglots courts et étouffés.

– Je veux pas, gémit-il. Je veux pas crever... pitié, je veux pas...

– Je sais. Je le sais très bien.

Mais il tenait le doigt sur la gâchette : ce n'était plus qu'une question de temps avant que son courage, plus grand que le mien, ne le fasse appuyer. En quittant sa chambre, j'eus une terrible envie de vomir. Voilà. Voilà, Nathaniel, tu leur as fait manger de la chair humaine et maintenant tu les pousses au suicide. Qui es-tu donc pour ne ressentir qu'un modeste dégoût alors que tu agis comme un abominable salaud ? Es-tu heureux de ce que tu découvres en toi ? [*Ici, le texte est à nouveau couvert de ratures, sur environ une demi-page.*]

J'allais laisser mon ami seul quand, au sortir de sa chambre, il me héla :

– Dis, si jamais... enfin, si jamais j'y passe, vous ne me mangerez pas, hein ?

– Je t'en donne ma parole.

– Merci.

Attirés par les cris, Hector, Viktor et Vegard étaient accourus. Nous étions tous réunis comme un troupeau de hyènes devant une bête blessée. Tous nous lui fîmes nos adieux dans un silence respectueux et avec la volonté de le laisser faire en paix.

Aujourd'hui, alors que je rédige ces lignes et que je me sais condamné, je regrette terriblement de n'avoir pu remercier Daniel, notre excellent compagnon, pour son moral à toute épreuve lors de la tempête, pour ses bons mots, son amitié et sa confiance en moi. J'ai encore chaque fois envie de vomir quand je songe au choix que je lui ai tacitement imposé. Même s'il ne m'entendra jamais et me haïra pour l'éternité, je tenais à l'écrire, au moins pour moi, pour me rappeler ce que cela fait d'être bon et juste. Je crois que c'est le seul marin dont la mort, avec celle de Sogarvans, m'atteignit et me révolta ; pourquoi lui, ce type généreux, a-t-il été forcé de vivre cette épreuve ? Pourquoi pas l'assassin, le violeur, l'ordure qui l'aurait méritée ? Pourquoi infliger un pareil châtiment à une nature aussi bonne ? Foutu destin. Foutus limbes.

C'était mon ami. Mon cœur se serrait dans ma poitrine comme quand on attend une nouvelle atroce qui ne manque pas d'arriver. Je le retrouvai mort d'une balle dans la tête quelques heures plus tard, après que la détonation eut retenti comme un coup de cymbales. En arrivant dans sa chambre, nous découvrîmes son cadavre qui débordait hors de son lit. Son manteau rapiécé dévoilait sa poitrine et sa tête reposait sur l'oreiller tandis que son bras droit pendait jusqu'au sol, là où sa main avait lâché son arme. Quant à sa main gauche, elle était refermée sur une lettre dont les mots griffonnés à la va-vite nous arrachèrent des frissons :

« Je me souviens de mon rêve. Ils revenaient se venger de nous. Je préfère fuir maintenant. Enfermez-moi. »

Crever la gueule ouverte. Non, la glace pourrait y entrer.

Ce n'est qu'aujourd'hui que j'ai compris que j'allais mourir. C'est étrange que même au bout de l'adversité, on puisse encore penser que ça n'arrivera pas. On croit à tort que l'on aura plus de chance que les autres, que l'on passera entre les mailles du filet jusqu'au moment où soudain l'évidence surgit : « Je vais crever. » La prise de conscience, dans ces moments-là, dépend de la nature de chacun : certains, dont je fais partie, assimileront calmement l'information cruciale et la subiront comme une dose de poison. Ainsi, le mal s'insinue délicatement et on réalise qu'on est irrémédiablement perdu, un matin noir, en se réveillant. On s'étire, on se lève, on entend son ventre gronder et on comprend que la mort nous attend. Soit.

D'autres, comme Hector – qui, d'ailleurs, m'annonça ma mort future –, le subissent plus mal. Sa qualité de médecin l'avait obligé à se montrer stoïque et à taire sa propre faiblesse. Depuis le début de l'aventure, il ne s'était intéressé qu'à notre état physique, et, à mesure que nous mourions les uns après les autres, il perdait ce qui lui permettait de tenir : sans presque plus personne à soigner, il se retrouvait face à ses démences nues et affamées.

Nous attendions l'exécution et comme ceux qui, à chaque aube, tendent l'oreille au bourreau, nous devenions fous. Nous étions dans le couloir de la mort, sans coin de ciel à regarder, sans souvenir, sans espoir à étreindre, sans murs à haïr... Nous étions squelettiques, sur le point de tomber en poussière. J'avais parlé à Hector, peu avant qu'il ne décide d'en finir, et il me confia, honteux et horrifié, qu'il ne parvenait plus à se souvenir de rien, ni du visage de ses deux enfants, ni de celui de sa femme, de ses expériences ou de son enfance... Tout était effacé. Il était terrifié à l'idée que son cerveau devienne un bloc de glace et de n'être plus qu'un fantôme.

Non. En fait, ce n'était pas tant la mort qu'il craignait – du moins pas totalement – que de disparaître sans laisser la moindre trace de ce qu'il avait été. Déjà, il sentait sa personnalité se modifier peu à peu et s'assécher, et cela lui laissait, disait-il, comme un goût de sang et de sciure au fond de la bouche. Il passait des journées entières à écrire des phrases sur des bouts de papier, mais plus le temps avançait, moins il était compulsif et plus il hurlait de rage. Lorsque j'allais le voir dans son refuge, je le voyais rédiger furieusement des notes de médecine, des noms lancés au hasard, des dates perdues de sa vie – un 15 mars et un 26 mars qui revenaient très souvent – ou d'un événement historique... tout ce qu'il parvenait à garder quelques secondes en mémoire était aussitôt gribouillé sur du papier. Je vis même, une fois, mon propre nom et mon bilan de santé à l'époque de l'embarquement figurés sur une fiche, et, profitant de sa concentration si extrême qu'il en oubliait ce qui l'entourait, je la lui dérobai et partis la lire dans ma propre cabine.

Dire que j'avais changé c'était mentir. Je n'étais tout simplement plus le même et j'avais l'impression de lire la description physique et morale d'un parfait étranger et, qui plus est, d'un type que je n'avais jamais connu, trop gentil pour que je l'approche, trop sympathique pour qu'il retienne mon intérêt. Mais j'étais asséché, alors je ne ressentis qu'une légère gêne là où un profond désespoir aurait dû pénétrer mon cœur – triste oubli de soi.

Hector cessa de se battre contre l'Ennemi tout entier voué à notre perdition. On le retrouva pendu dans sa cabine, au-dessus de tous ses papiers éparpillés, pour la plupart froissés et déchirés.

Je suis tout seul, sans jour et sans nuit. Tout seul, sans moi-même. Tout seul avec mon désespoir...

La lâcheté est une si mauvaise conseillère qu'elle vous fait pousser des ailes pour singer la survie avec tant de talent que vous croyiez vous en sortir avec son aide. Ma lâcheté révélait-elle ce que j'avais toujours été ou celui que j'étais devenu ? Toujours est-il qu'elle me sauva pour mieux me condamner.

Nous n'étions plus que trois sur le *Providence.* Trois étrangers qui s'évitaient et se parlaient à peine : tu as pu dormir ? J'ai faim. J'ai peur. Nous n'en profitions même pas pour échanger nos craintes les plus sombres et nos cauchemars car nous savions que c'étaient les mêmes. Et c'est après l'un de ces rêves atroces gorgés de hurlements de souffrance et de mort que l'horreur finale survint. Je crus d'abord à un banal cauchemar, mais mes oreilles sifflaient bizarrement comme après un son assourdissant ou un violent traumatisme, et m'asseoir sur ma couchette n'y changea rien. Je décidai donc d'aller faire quelques pas pour chasser ces sensations désagréables et, déjà emmitouflé dans mes vêtements, je sortis de ma cabine, mais je m'arrêtai aussitôt.

Le sol du couloir était maculé d'un épais liquide noirâtre à cause de la pénombre. Avant même d'y tremper mon doigt sale et de le renifler, le frisson macabre qui m'avait dévoré l'échine m'a fait comprendre qu'il s'agissait de sang. Une longue et large traînée encore tiède – l'œuvre d'un mort. À cette idée, mon sang à son tour se glaça : ils étaient de retour ; ils étaient là ! Bon Dieu, et qui dont avaient-ils tué... mais aussi étrange que cela puisse paraître – ma lâcheté peut-être –, je ne suivis pas la trace qui montait sur l'escalier en direction du pont, non, je décidai d'abord de vérifier les cabines de Viktor et de Vegard, toutes deux désertes.

Un horrible doute survint, si impérieux et si ignoble qu'il me fallut immédiatement le vérifier, et, avec beaucoup de prudence, je suivis le chemin vers sa terrifiante source. Arrivé sur le pont, j'hésitai tant que je ne me souciai guère de la glace qui entre-temps avait pris et formé des icebergs un peu partout, donnant aux lieux une dimension funeste et poétique. Le vent semblait non pas souffler mais rire et faire coaguler la piste au lieu de la geler – un magma infernal. J'allais d'ailleurs poursuivre ma quête lorsque j'entendis ce son qui m'avait tant troublé. Dans un sursaut – un rappel de vie et de conscience –, je m'arrêtai pour deviner d'où il venait ; ça y est, une hallucination ? Mon tour venait enfin ? Rien de tout cela ;

cependant, la cabine de pilotage que Sogarvans avait verrouillée avec l'une de ses clés était ouverte.

Et le son qui en sortait me fit retenir mon souffle : j'entendais un mouvement lourd taper sur quelque chose. Ce bruit sourd... cet horrible bruit... il s'était imprimé dans ma chair et avait martyrisé mon crâne jusqu'à en pourrir mon sommeil. Lentement, comme un animal à l'affût, je longeai le mur jusqu'à la porte alourdie de glace et ouverte d'une façon inexplicable, j'hésitai puis, après une longue inspiration, je plongeai mon regard dans la pièce.

C'était Vegard. Entouré de glace, il me tournait le dos, à genoux, penché sur le cadavre de Viktor qu'il découpait lentement à l'aide d'un grand hachoir de boucher – où l'avait-il trouvé, sachant que tout avait disparu depuis longtemps sous le givre ? Peu importait. C'était une insoutenable vision d'enfer. Le hachoir battait comme une aile dans la lumière osseuse qu'éclairait faiblement la pénombre. Il semblait rythmer les tremblements d'excitation – d'extase ? – de Vegard qui, tout à son ouvrage, chantonnait d'une voix cassée une affreuse ritournelle.

– Dévorer... te découper... mon ami, mon frère, mon compagnon d'infortune... ton sang est froid, quel dommage... quel dommage... et ta viande, mon ami... ? Quel goût a-t-elle ? Oui, quel goût ? Est-elle encore tiède ? Mon ami... ce n'est pas ton cœur que je veux...

Le vent s'intensifia quelque peu, comme s'il avait entendu ce que susurrait Vegard, qui, après avoir déposé son hachoir par terre, se pencha un peu plus en avant et, des deux mains, écarta les côtes dans un craquement atroce. La seconde suivante, il reprit son instrument couvert de sang et, dans ce que je pris pour un soupir de soulagement, commença à trancher des morceaux de chair qu'il portait à sa bouche et mâchait sauvagement. J'assistais à une abomination sans pareille, une horreur plus bestiale que toutes celles qu'il m'avait été donné de voir jusqu'ici, dont l'effroi labourait mon âme. Malgré cela, mes narines frémirent à l'odeur de viande fraîche et mon ventre gronda furieusement ; Vegard s'arrêta aussitôt, comme frappé par une décharge électrique, et, très lentement, se retourna.

– Tiens, tiens... Nathaniel, murmura-t-il.

Son sourire barbouillé de sang était affreux et son regard inhumain : rien ne subsistait du Vegard poltron qui restait cloîtré dans sa chambre ; non, il avait une lueur rouge au fond des pupilles et il tremblait d'une joie sans bornes. Enfin, la pénombre modifiait ses traits et les rendait menaçants.

– Qu'as-tu fait, Vegard...

– La même chose que toi.

Vegard se leva et son sourire s'élargit, étoilant des ridules autour de ses yeux.

– Tu ne te rappelles pas ? Tu m'as découpé. Tu m'as fait cuire en ragoût. Dois-je te rappeler que tu m'as mangé ?

– Tu n'es pas Jack... C'est impossible.

– Et pourtant c'est bien moi, Nathaniel. Rien n'est plus impossible, ici, non ?

Je ne sais encore s'il s'agissait d'un accès de démence ou d'un phénomène paranormal, mais quelque chose s'était si violemment brisé en Vegard qu'il n'était plus lui-même. Qu'il soit ou non Lil' Jack ou les limbes, peu importait : je sentais qu'il était devenu dangereux.

– C'est dommage. Viktor a vite refroidi. Son sang ne coule plus et sa viande n'est plus aussi tendre qu'avant. Je me demande quel goût tu peux bien avoir...

Je reculai : certes, je souhaitais mourir autant que les autres, mais pas de cette façon. Mon regard passa du cadavre au couteau, du couteau aux yeux fous de Vegard, puis de ses yeux de nouveau au corps mutilé et au couteau ; une trinité d'enfer. Mon cœur s'affola dans ma poitrine et je portai la main à ma ceinture pour me saisir du revolver de Sogarvans, mais il n'y était pas. Non ! L'autre avançait d'un pas sûr, affamé, enragé, et il riait de ma détresse, il chantait à présent sa ritournelle contre moi. Non ! Je ne voulais pas être mangé ! Je ne voulais pas restaurer le corps de celui qui voulait se venger de moi ! Finir dans sa merde ! Non, pardonne-moi, Jack, je ne savais pas ! Les mots ne sortaient pas de ma gorge tant l'horreur m'étouffait, et il avançait, avançait encore, de toute sa hauteur, porté par la pénombre !

– Ce sera vite fait, Nathaniel, me dit-il d'une voix douce. N'aie pas peur.

Puis il m'attaqua : d'un bond, j'esquivai son assaut en me jetant sur le côté, avant de me relever et de m'élancer vers le pont à la recherche d'un endroit où me réfugier. Je ne réfléchissais plus et ma lâcheté laissait mon instinct sauver ma peau, angoissé par le rire de Vegard qui me suivait à pas lents. Ce petit jeu servait, aurait-on dit, d'amuse-bouche à son futur repas. Il dut penser que j'aurais le courage de chercher des armes dans les cabines et, pourquoi pas, dans la cuisine car il s'empressa de descendre l'escalier de métal qui y menait en m'appelant, en me sifflant, en se moquant de moi. Par chance, je m'étais caché sur le pont, démuni, derrière un bloc de glace, accroupi pour mieux me dissimuler dans le noir : je voulais mourir ; je voulais vivre ; je voulais hurler ; je vivais ; j'étais déjà mort... Mes idées se bousculaient, ce que j'étais et ce que je devenais entraient dans un conflit enragé sur fond de panique, et, pendant ce temps-là, le fou sondait l'intégralité du navire pour m'ouvrir le crâne et le dévorer. À ses cris, j'entendis qu'il remontait :

– Tu sais très bien qu'il n'est pas possible de quitter le bateau, tu ne pourras pas rester caché longtemps ! Je sens ton sang bien chaud.

Du sang bien chaud. Sans comprendre pourquoi, ces mots réveillèrent en moi un furieux désir de m'en sortir par tous les moyens, mais j'étais désarmé, fatigué, affamé, à bout de souffle, et je n'avais pas l'avantage de la folie pour me donner des forces. Je l'entendis approcher et, sans attendre, je bondis hors de ma cachette et courus. En me voyant m'épuiser de la sorte, son rire redoubla et il poursuivit sa marche tranquille. Il me fallait une arme, rien qu'une arme, n'importe quoi, même un morceau de glace pouvait faire l'affaire et... et je vis l'un des deux harpons explosifs. De ma cachette, j'avais furtivement aperçu l'autre enfermé dans une cage gelée mais celui-ci était encore relativement épargné, quoique la glace eût entravé une grande partie du pied et s'attaquât à l'arme même. Je tirai l'engin de toutes mes forces pour le faire pivoter sur lui-même, ce qui fit rire Vegard.

– Tu sais que c'est inutile, alors à quoi bon ? railla-t-il.

La distance qui nous séparait diminuait dangereusement, tant et si bien que, non content d'y mettre toutes mes forces, j'y mis aussi ma rage et, par miracle, la glace explosa. Je fis face au cannibale qui s'arrêta et me toisa avec cette même expression hilare – ce qu'une âme damnée ne réserve que pour les grandes occasions, quand elle apprend la mort d'une personne haïe ou qu'elle est sûre d'avoir ravagé une vie. Je priai en silence que la glace n'ait pas bloqué le mécanisme ou qu'un spasme ne me fasse rater mon coup. Mes sueurs froides collaient mes vêtements.

– Tu ne tireras pas sur un vieil ami, Nathaniel. Tu nous sais condamnés, pas vrai ? Alors pourquoi retarder l'inévitable ? C'est fini, à présent. Bel et bien fini.

Je ne répondis pas. J'étais en face de lui, dans l'état d'un mioche terrifié par l'histoire du petit chaperon rouge et du loup : je ne voulais pas qu'il me mange. Ma peur anesthésiait le reste. Alors, sans lui laisser le temps de me convaincre ou de me raisonner, il y eut un bruit sourd suivi d'un claquement de corde : la machine répondit instantanément, et le harpon quitta son socle en éclatant quelques fils de glace. Le lourd instrument d'acier gicla droit sur la poitrine de Vegard et, en plus de le transpercer de part en part, le fit reculer de plusieurs mètres, comme on jette au fond d'un tiroir un vieux pantin désarticulé.

Je le savais mort, j'avais brutalement arraché sa vie à la pointe du harpon, et pourtant je ne voulais pas m'approcher de lui. Son cadavre était planté contre un mur de glace que son sang rougissait, et sa tête penchait sur sa poitrine mais il me terrifiait encore, comme si de son corps continuait à irradier son intense folie. Pourtant il me fallait agir, et je ne trouvai le courage d'aller ramasser le hachoir qu'après avoir attendu que mon rythme cardiaque diminue suffisamment. Je ne pus respirer plus librement qu'en m'assurant qu'il était vraiment mort, sans espoir de retour, même si je frissonnais encore devant ses pupilles dilatées qui ne regardaient que le néant.

Je reculai de quelques pas avant de m'arrêter : le pont et l'horizon, tout ce qui m'entourait, tous ces lieux familiers, je les reconnaissais à peine, ils m'étaient devenus étrangers. Ça y est, j'étais seul, bel et bien seul. Tous mes compagnons étaient morts tragiquement, lamentablement, ironiquement, et il ne restait plus que moi.

Moi qui n'étais plus moi.

Je tombai à genoux et me mis à pleurer.

Errance

J'étais constamment partagé entre une euphorie douce et un abattement profond. Je ressentais le bonheur de la solitude, de ne plus appartenir à une humanité ridicule, bonne à crever sans la moindre pitié, et j'étais parfois balayé par les assauts violents de ma nature et mon besoin de proches. Toutefois, je savais que cette alternance de joies et de peines, sans répits ni transitions, était le symptôme le plus apparent de ma souffrance. Il m'arrivait quelquefois d'éclater de rire sans raison, avant de brusquement me taire tant ma voix cassée m'effrayait : j'étais dans le corps d'un autre.

Malgré mon dégoût pour le vent qui soufflait, je passais le plus clair de mon temps sur le pont à errer de la proue à la poupe, les mains dans les poches de mon pantalon rapiécé, attendant mon tour et m'efforçant de songer à mes amis morts et enfermés dans la cale ou, ce qui me demandait beaucoup de courage, à ces femmes dont le visage avait depuis longtemps disparu de mes souvenirs ; ce n'étaient plus que des sensations perdues, fantomatiques, dignes des vivants. Alors lorsque je m'accoudais à la glace qui raidissait les manches de mon manteau, j'écoutais les murmures railleurs du vent qui me rappelaient les bas-fonds pourris et les miasmes de mon enfance. J'étais si loin de tout cela...

Dans la prison de ma solitude, je retrouvais parfois les débris de ce que j'avais été lors de terribles accès de rage où le dépit laissait place à de furieux débordements. Dans ces moments où je hurlais seul, où ma voix enrouée et grave défiait l'écho du silence, je brisais de la glace, mettais à sac une pièce, donnais des coups de hache, et je maudissais mon destin, j'enrageais contre ce qu'il m'avait fait. Je le défiais dans l'au-delà ; je vomissais contre mes compagnons et leur lâcheté, je m'arrachais les cheveux et la barbe... ils me le paieraient ! Dans mon envie de tout détruire, j'en venais à m'automutiler, à m'enfoncer les ongles dans la chair, et je m'enlevais la peau avec un couteau ; seule la vue du sang chaud qui coulait parvenait à me calmer, comme si ma fièvre avait pu s'échapper des plaies que je m'occasionnais.

Vois ! Vois ce que tu as raté, vois ce que tu n'as jamais eu, *vois comme ta vie a été misérable* ! Comme elles doivent être ignorantes à présent des tourments qu'elles ont causés ! Et c'est moi qui me retrouve ici, à déplorer une existence taillée dans le labeur, avec la tête prête à exploser. J'avais pensé à me tuer à l'aide du revolver mais lorsque je le retrouvai sous ma couchette, il était vide. Dommage, mon spleen noir et pourri giclerait-il avec mon sang ?

Peu à peu, ces idées m'abandonnèrent, de même que la colère diminua avant de disparaître, remplacée par un désert brumeux, aux limbes de la souffrance.

Errance d'un vivant au pays des morts

Monstre. Monstre. Monstre. C'est ainsi qu'ils me voient, car ils sont revenus.

Cela m'est arrivé après un temps qui me sembla infini, notamment à cause de ma faim qui devenait de plus en plus intolérable – car j'étais résolu à mourir plutôt qu'à toucher de nouveau à de la chair humaine. Je somnolais d'un sommeil grisâtre, grelottant sous mes couvertures, lorsque j'entendis quelqu'un prononcer mon nom. Je crus d'abord qu'on venait enfin me chercher et je considérai le couloir d'un œil morne, mais je me ravisai : je vis une silhouette familière et crainte passer devant ma porte. Un visiteur ? Non. Un inconnu n'aurait pas appelé « Nordnight... ». C'était un revenant.

J'étais entré depuis peu dans l'enfer de la folie et, sans penser ni craindre la moindre chose, je saisis fermement le hachoir et me levai. J'étais prêt à me battre, rien que pour ressentir une excitation vaguement humaine, comme un parasite se délecte d'un hôte et, dans des gestes lents d'une âme morte, je parcourus lentement le couloir assombri et silencieux, attentif au moindre son. Il n'y avait rien. J'inspectai chaque cabine, la cuisine, la salle commune, le poste de pilotage, le pont et... la cale... Bon Dieu, elle était grande ouverte !

Comme s'ils n'attendaient que l'instant où je le comprendrais, je sentis partout leur présence. Le vent était devenu leur souffle, le silence leur royaume. Je n'avais nul besoin d'aller plus loin pour savoir que le cagibi était ouvert et que les morts avaient tous disparu. Mon heure approchait et s'annonçait grandiose ; après tout, il fallait bien un bouquet final pour anéantir ce qu'il restait de vie sur ce bateau. Soudain, la quiétude morbide qui jusque-là m'habitait devint une attente sourde et lugubre qui compressait ma poitrine et m'annonçait des tourments inédits. J'allais beaucoup souffrir – je serais donc plus vivant que jamais.

– Nordnight...

Un souffle derrière moi ; je fis volte-face – j'étais seul. Mais là-bas une ombre filait vers les cabines. Je restai immobile un instant et clignai des yeux comme un guetteur ahuri avant de sentir de nouveau la démence distiller délicieusement dans mon corps. Pandémonium. Je n'étais plus seul. Je descendis calmement l'escalier de fer et, arrivé en bas, refis silence ; ma main armée tremblait de peur et d'excitation.

Et comme si les ténèbres m'attendaient, une chose sortit de l'ombre au fond du couloir, entre deux parois de givre bleuâtres : une grande silhouette dépenaillée, aux mains décharnées et blanches, un peu voûtée, et dont le visage était rendu difforme par des pommettes trop saillantes, des yeux trop profondément enfoncés dans leurs orbites, et, surtout, par cette mâchoire qui pendait de travers. L'épaisse barbe qui avait dû manger ce visage dur avait été en partie brûlée à cause d'un coup de feu et il n'en restait que des touffes de poils roussis collant à des lambeaux de peau. La mâchoire, qui tenait à peine au reste du visage, dévoilait une langue en partie arrachée, des dents cassées et des gencives noires. Il émanait de cette atrocité une haine farouche. Ce monstre hideux pointait sur moi un doigt accusateur. Je reconnus le capitaine Eddy Sogarvans.

Fasciné par la haine qui s'échappait de ce spectre, j'allais bafouiller de misérables excuses lorsqu'il baissa le bras et s'engagea dans l'une des cabines, traînant son corps long, désarticulé, sans se soucier de sa mâchoire qui se balançait au rythme lent de ses pas et produisait une espèce de claquement morbide. J'avais besoin de lui expliquer tout ce qui s'était passé, que ces limbes nous avaient rendus fous et, faisant fi du danger, je courus à sa poursuite mais, en arrivant dans sa cabine, il avait disparu. Disparu ! Bon Dieu, il jouait avec moi ! Ils voulaient se venger de ce que je leur avais fait ! Sogarvans ! Capitaine, revenez ! Pardonnez-moi ! Jack ! Viktor ! Vegard ! Daniel !

Je ne savais plus ce que je voulais. Mourir ? Vivre ? Les affronter ? Me rendre ? Lutter contre mes ultimes fantasmes ou les laisser me dévorer avec docilité ? Je passai des heures à errer en hurlant des noms à travers tout le bateau, en vain. Après mes cris, mes larmes, mes malédictions, je sus ce qui m'attendait, à la toute fin de mon périple : un complet désœuvrement, et c'est ce sentiment ravageur qui eut raison de ma volonté. Mon désespoir fut si intense que, avec un regard dépité sur mon arme, je décidai de l'abandonner à l'appétit des glaces, quelque part sur le pont. J'allais mourir. À quoi bon vivre lorsqu'on sait que la fin est plus proche que l'espoir ne l'admet ? À quoi bon se débattre contre le monde lorsqu'on n'est plus de son côté ? Non, vous ne pouvez réaliser à quel point je n'étais plus moi-même au moment où je lâchai mon arme. Trop bouleversé, trop tiraillé, trop affamé, mon corps ne pouvait plus répondre à la plus petite sollicitation. La tête me tourna et ce fut dans un éclair de démence que je compris soudain que je devais abandonner. Je cessai alors de sursauter à la vue d'une corde, d'un couteau ou d'un bout de papier sur lequel étaient griffonnées des bribes de prédictions.

Je me rendais aux fantômes. J'avais corrompu leur destin, il était normal que, en dépit de ma lâcheté, je paye le prix de mes actes. Soit. Soit...

Je me savais trop faible pour combattre et ils devaient le sentir. Quoi que je fasse et où que j'aille, ils m'apparaissaient au loin, la corde au cou, le crâne éclaté, fendu, morts de froid, la peau bleuie, gelée, dégueulant des flots de sang... ils n'approchaient pas mais ils étaient là et ils savouraient le spectacle de ma mort du haut de leur fureur. Regardez-moi, mes amis, je vais moi aussi pourrir au bord de l'éternité sans personne pour me pleurer.

Je n'avais certes pas de famille et trop peu de proches en Norvège pour que l'on puisse s'émouvoir de ma disparition, mais il me fallait témoigner et lancer contre toute espérance une bouteille à la mer. Je finis par trouver un vieux carnet pourrissant, aux pages jaunies, cornées, un peu humides.

En voyant cet objet si misérable, ce besoin impérieux et jusque-là insoupçonné de raconter notre aventure redoubla. Pourquoi ? Pour rien. Il n'y avait aucune raison de le faire, puisque je ne savais même pas ce qui nous était arrivé. Nous n'avions fait que subir, mais peut-être, peut-être qu'un jour quelqu'un comprendrait. J'emportai donc ce carnet et me réfugiai dans ma cabine avant que les glaces ne m'en empêchent.

Fin de la terreur. Adieu

Ils sont tous morts... je suis navré car ils étaient vraiment exceptionnels et ils mériteraient bien plus que moi qu'on se souvienne d'eux. Et je suis triste de ne pas les avoir mieux connus, de n'avoir partagé avec eux que ces jours de malheur et de désespoir.

Je me suis enfermé à double tour dans ma cabine et je ne peux plus m'arrêter d'écrire. Mon passé antérieur disparaît peu à peu et je suis forcé de revivre constamment cette histoire, qui renaît sans cesse dans mon cerveau, et le ronge comme un vautour. Au fur et à mesure, je crus comprendre ce qui m'était arrivé et je renouvelai de silencieuses excuses à l'égard de Sogarvans qui, depuis le début, avait deviné ce que j'étais devenu quand je l'ignorais moi-même : l'avatar des limbes, leur exécuteur le plus zélé et le plus aveugle.

Je le découvris après un rêve trop étrange pour ne pas être la réalité, qui me révéla la vérité sous un autre angle, à un moment où, à la recherche d'un souvenir, je passai la main sur mon crâne, parmi mes cheveux longs et gras, et m'arrêtai sur une anomalie, une minuscule fente entourée d'une petite croûte, non loin au-dessus de l'oreille : du sang coagulé. J'observai ce sable rouge qui perlait sur mes doigts comme la pièce manquante d'un puzzle. Il n'y avait eu aucune coïncidence : les limbes, sachant que mon heure approchait, m'avaient offert la vérité pour ultime châtiment. Par chance, lorsque je fis cette découverte, j'étais si appauvri sentimentalement que je me contentai de pleurer. Ils avaient raison : j'étais un monstre et je devais sans cesse revivre mon histoire pour réaliser cela, l'assimiler – le bouffer, m'étouffer avec cette terrible révélation.

Car je dois être mort depuis longtemps, depuis le moment, je crois, où les mouvements du bateau dans la tempête m'avaient envoyé si fort de droite et de gauche contre les murs que j'en perdis connaissance. Ce choc, sans doute, me tua sans même que je m'en rende compte. Quelle ironie ! Mourir en se cognant bêtement la tête ! J'étais devenu leur monstre et ils m'avaient suivi aveuglément. Je leur avais montré comment mourir de la pire façon et j'avais encouragé leur folie destructrice ! Monstre ! Les fantômes avaient raison, ils avaient tout compris avant moi ; *je n'étais plus !...* mais cela ne me faisait plus rien. Je me contentais d'écrire encore et encore, d'une main tremblante, parfois réveillé par les douleurs lointaines de mon ancien moi, tandis que je revivais mentalement mes erreurs. Comprenez bien que je n'étais pas un cadavre car mon cœur battait encore et je respirais toujours. Humain sans l'être ; mort sans l'être. Je flottais dans les limbes.

J'avais tué, je les avais poussés au pire, je n'étais plus assez vivant et pourtant j'essayais encore de me raccrocher au souvenir fuyant d'une femme aimée comme à l'ultime fragment d'humanité que la mort ne pourrait m'arracher. Qu'importaient alors cette blessure fatale au crâne, mon immobilisme, l'absence de pitié à l'égard de mes amis, ces sentiments nouveaux et cassants. Qu'importait la glace qui déjà, dans son appétit sans faim, mangeait mes pieds et remontait le long de mes jambes pour m'emmurer vivant !

À présent, ce monde me voulait, moi, l'être anormal qui, par son ignorance, s'était permis de vouloir survivre quand il n'en avait plus le droit. Toutefois, la certitude de ma déréliction éternelle ne parvenait même pas à m'émouvoir. Je le méritais et j'allais, pour une fois, assumer mes torts malgré ma lâcheté, soulagé de ne pas laisser à mes anciens compagnons l'opportunité de se venger ; je les entendais d'ailleurs griffer à la porte, taper lourdement dessus et m'appeler à l'unisson de leur rage commune : Nordnight ! Nordnight ! Nordnight ! C'était à devenir fou si… mais ça ne durerait plus longtemps...

La glace dévorait maintenant mon ventre. Il fallait que je termine avant qu'elle n'emprisonne mes bras et m'empêche d'écrire. Ses tentacules avançaient à une vitesse prodigieuse. Et quand je serais pris dans leur étreinte, personne ne pourrait plus rien contre moi. Personne.

Nous sommes tous morts... si jamais quelqu'un, quel qu'il soit, lit ce journal, rappelez-vous notre misère et si vous nous trouvez, brûlez-nous. Brûlez-nous et libérez nos âmes des fantômes du *Providence* ; faites rejaillir le feu banni de ce monde de glace. Nous avons tous été damnés, brûlez-nous ! Brûlez-nous et ma reconnaissance vous sera éternelle. Brûlez-moi et peut-être qu'un jour cesserai-je de me savoir maudit...

Je tiens à remercier Alexandra DELAGE, Elian MALET ainsi que mon frère Ambroise pour leur aide précieuse.

De plus, je remercie très chaleureusement Monsieur Denis ROMERO, mon ancien professeur de français, qui m'a encouragé à poursuivre dans l'écriture.

Mise en pages PCA
44400 Rezé

IMPRIM'VERT®

Achevé d'imprimer
en mars 2014
par Corlet Imprimeur
14110 Condé-sur-Noireau

Dépôt légal : avril 2014
N° d'imprimeur : 162931
Imprimé en France